候鸟是在不断的迁徙当中，
寻找自己的最佳栖息地，
并在长途艰苦的跋涉中，
锻炼了羽翼。

——毕淑敏

低头俯地，

你可以窥到万物葱茏，

物竞天择优胜劣汰残酷公平，

焕发出的紧迫和危机感，

让你不敢有一刻懈怠放松。

Warmth

好的文学作品就像维生素一样，

好的童话，

更是富含维生素的橘子和凤梨。

没有它们，

就会缺少一种强韧的内力。

我害怕面对生命的
任何一点疏漏和怠慢。
我知道
这种属于每个人
只有一次的东西
多么易碎。

对女人来说，
『行』是什么？
是一双吃饭的筷子，
是一袭柔软的金甲，
是一道曲折幽冷的雨巷，
是一副飞跃雪野的滑板……

拒绝是女人贴身的软甲，
拒绝是女人进攻的宝剑。
拒绝卑微，走向崇高。
拒绝不平，争取公道。
拒绝无端的蔑视和可疑的恩惠，
凭自己的双手和头颅
挺身立于性别之林。

Love

要，一直奔赴在热爱里

Self healing

把自己养成一朵特别的花

毕淑敏 著

北京联合出版公司
Beijing United Publishing Co.,Ltd.

目录

Contents

Preface 序 我的故事

Chapter 壹 自知，是一切美好的基石

读书使人优美——020
溪水金砂——023
书的扉页里树在哭泣——028
白雪下的暴力——033
背窗而立——040
依然写情书的女孩——045
罂粟为什么开红花——049
我和瑞恩妈妈的不同——054

Chapter 贰 阅读，那些静默柔软的时光

常读常新的《人鱼公主》——064
阅读是一种孤独——071
为什么不是花生或大米？——076
丘吉尔教我绘画——081
发现维生素——086
书话两题——088
择书秘诀——093
金丝雪片——098
病中读书谱——102

Chapter 叁

文字，可把微尘舞出光芒

与寂寞相伴——110
嫁给笔——116
回答海浪——124
走不出白衣——129
医生提笔——132
炼蜜为丸——142
瀑布灯——147
没有墙壁的工作间——152

Chapter 肆

女子，可以微弱，但要有光

女也怕——160
发的断想——165
女人与清水，纸张和垃圾——168
母爱的级别——179
青虫之爱——183
教养的证据——191
飘扬的长发与人生的幸福——197

目录

Contents

Chapter 伍

家，是前方有路，后方有你

蔚蓝的乐园——208

强弱之家——215

七万小时之外——218

全职主夫——222

成千上万的丈夫——232

哑幸福——239

男性的爱——242

Chapter 陆

请，与这世界温柔相处

第二志愿——250

第一声鸽哨——256

每天都冒一点险——260

回头是土——265

友情如鞭——268

腰线——275

午夜的声音——280

我是一个在父母的热切期望之下出生的孩子。在这期待的人群里，还包括一个名叫“小胖子”的士兵，他是父亲派来的警卫员。母亲说过，如果没有他的帮助，我的生命将不复存在。

当时父亲在新疆边防部队任职，母亲在长久的病痛之后怀孕，妊娠反应十分严重，几乎水米不进。小胖子是四川人，善烹调，用尽办法想让母亲进食，最后发现母亲可以吃野鸽子。他就千方百计地捕猎鸽群，每天煮烧不停。所以，母亲说我是四千只鸽子所变。

当我三个月的时候，父亲奉调北京。母亲抱着我，每日在西域黄沙迷漫的古道上行进，吃尽苦楚。我人生的第一个印象，就是在漫天的风沙之中，我的周围有一个温暖的怀抱。

我生命中的第二个记忆，就是凄苦无助的哭泣了。当我一岁四个月的时候，妹妹出生。她比我长得好看，又是早产，母亲对她格外呵护。母亲亲自带看她，把我交与保姆，然后又送去幼儿园。

从那时起，每两周我才可以回一次家。记得父亲说过，周六回家，我都不认识他们了。待到熟悉之后，我能叫出他们“爸爸妈妈”的时候，已是星期天的下午，我就要返回幼儿园了。我放声啼哭，母亲没有办法，只好由父亲将我紧紧抱住，强行送回幼儿园。每次都待我哭得昏过去之后手才松开，家人才能离开（我后来想，那可能是一种儿童全力哭泣之后筋疲力尽的睡眠，并非真的昏厥）。留在生命中的图画，就是我在窄小的围有铁栏的小床内昏昏醒来，爸爸不见了，只有从家中带来的一个玻璃的小汽车紧握在我的手中，证明我曾回过家，它不是一个梦……远处是一位姓范的老师冷冷的脸，说着——小孩就是这样的，只要她家里人在，她就哭个不停，家里人走了，就乖乖的了……

写到这里，我泪流满面。如果不是正值深夜，家人熟睡，我会放声痛哭。我也明白了，为什么在我的经历中，那样地害怕父亲的死亡和被母亲抛弃。在精神的磨难中，那样难于启齿向他人呼救……童年时惨痛的记忆，就这样烙在我心底最稚嫩的地方，多少年之后，依旧血迹斑斑。如果不妥加清理，会怎样虚耗宝贵的生命活力！

我十岁的时候，父亲远调边陲，母亲便把照料妹妹的重担压在我的肩上。从此，我不但自己要学习好，还要为妹妹辅导功课。如果她成绩不佳，我无论考得怎样优秀，也要吃打。母亲的这种连坐法，使我觉得人生莫测，由此便滋生出过度的责任心，不单为自己负责，还要为他人负责。在我的性格里，萌生了对他人的强迫关怀和过分追求完美的倾向。

由于为妹妹辅导功课，致使我的学习成绩全面领先。在一个以分数和品行评定孩子价值的学校里，我得到了很多荣誉和老师的嘉奖与信任，并担当了各种社会工作，受到广泛的赞扬。这种被肯定的经历，养成了我对学习的热爱并学会自信和勇敢，培育了强烈的尊严感。且由于我的初始目的并不是受到他人表彰，所以除了我父母的鼓励，我对通常的外界反映，是淡然和平静的。

我中学就读于北京外国语学院附中，这是一所著名的贵族中学，对学生要求非常严格。记得我是十分快活地离开家去住校，因为从此不再负担妹妹的学习了。由于新生的录取比例据说是四百比一，学生素质优良。经过努力，我一如既往地成绩优异和工作出色。这使我对自己有了比较充分的信心，知道只要热爱并且顽强奋斗，我能够争取卓越。

当我十七岁的时候，到西藏当兵。那里的平均海拔为 5000 多米，酷寒缺氧。一年当中有半年不通车，基本上没有任何蔬菜和水果，吃的是罐头和脱水菜。数千男性军人中只有五名女兵……这对我来说，构成强烈的反差和巨大的恐怖。除了物质上的极度匮乏之外，是精神上的迷茫和空白。每天，面对喀喇昆仑山、喜马拉雅山、冈底斯山万古不化的寒冰，面对渺无人迹的亘古荒原，面对狂暴的风雪和年轻的生命近在咫尺的鲜血和死亡，面对无边无际的星空和永恒的时间，我的思维在依稀地寻觅和苦苦地探索。我感受到了生命的伟大和渺小，我感受到了自然的威慑和人的能动，我感受到了要珍爱生命善待自己，我感受到了人需要温暖和友爱——这是人这种宇宙间孤独的生灵与生俱来的渴望。

我被分配学习医务，成为一名军医。一开始，我并不是很喜爱医学，但这门科学对人的研究，和在救死扶伤过程中体验到的助人的快乐和自我价值的实现感，使我努力学习勇于实践，成为一名很受病人欢迎的医生。

从军十一年后，我从西藏转业回到北京，在一家工厂卫生所当所长。我很想把在高原之上体验到的感悟，与更多的人分享，也更因为我的父亲很爱看到我的文章发表，我开始写作。也许因为取材的特别和文笔的不拘，处女作的发表十分顺利。后来，我又读了文学的研究生。在文学道路的发展上一帆风顺，发表了二百多万字的作品，数十次获奖，破格进入中国最年轻的一级作家（一级作家是大陆作家的最高级别）行列。

由于一个特别的因素，我能够成为林老师的学生，学习心理辅导课程。这是我的福气，也是新的挑战。文学界的朋友对于我的这一选择十分惊异，以为我是走火入魔。还有更多的人，觉得我是在收集素材，有朝一日将这一神秘领域曝光……如果说，进入心理辅导硕士班读书，还有一定的偶然性，那么，这一次争取到博士方向研修班学习，已是必然。我在这一对人的生命本质的科学探索中，感受到了自身的成长和生命的美丽，看到了人与人和谐关系的建立，将使世界充满阳光。明确了使自己的生命融入这种神圣的事业当中，是一种幸福。

学习一门伟大的科学，追随一位杰出的学者，成为一个快乐勇敢坦诚光明助人的人，是我的故事的终结也是开始。

nourish

Nourish yourself into a special flower

Chapter

壹

●

自知，
是一切美好的
基石

你在书籍里看到了

无休无止的时间流淌，

你就不敢奢侈，

不敢口出狂言。

自知

是一切美好的基石。

读书使人优美

Du Shu Shi Ren You Mei

优美在字典上的意思是：美好。

做一个美好的人，我相信是绝大多数人的心愿。除了心灵的美好，外表也需美好。为了这份美好，人们使出了万千手段。比如刀兵相见的整容，比如涂脂抹粉的化妆。为了抚平脸上的皱纹，竟然发明了用肉毒杆菌的毒素在眉眼间注射……让我这个曾经当过医生的人，胆战心惊。

其实，有一个最简单的美容法，却被人们忽视，那就是读书啊！

读书的时候，人是专注的。因为你在聆听一些高贵的灵魂自言自语，不由自主地谦逊和聚精会神。即使是读闲书，看到妙处，也会忍不住拍案叫绝……长久的读书可以使人养成恭敬的习惯，知道这个世界上可以为师的人太多了，在生活中也会沿袭洗耳倾听的姿态。而倾听，是让人神采倍添的绝好方式。所有的人都渴望被重视，而每一个生命也都不应被忽视。你重视了他人，魅力就降临在你双眸。

读书的时候，常常会会心一笑。那些智慧和精彩，那些英明与穿透，让我们在惊叹的同时拈页展颜。微笑是最好的敷粉和装点，微笑可以传达比所有语言更丰富的善意与温暖。有人觉得微笑很困难，以为是一个如何掌控面容的技术性问题，其实不然。不会笑的人，我总疑心是因为书读得不够广博和投入。书是一座快乐的富矿，储存了大量浓缩的欢愉因子，当你静夜抚卷的时候（当然也包括网上阅读），那些因子如同香氛蒸腾，迷住了你的双眼，你眉飞色舞，中了蛊似的笑起来，独享其乐。也许有人说，我读书的时候，时有哭泣呢！哭，其实也是一种广义的微笑，因为灵魂在这一个瞬间舒展，尽情宣泄。告诉你一个小秘密：我大半生所有的快乐累加一处，都抵不过我在书中得到的欢愉多。而这种欣悦，是多么地简便和利于储存啊，物美价廉重复使用，且永不磨损。

读书让我们知道了天地间很多奥秘，而且知道还有更多的奥秘，不曾被人揭露，我们就不敢用目空一切的眼神睥睨天下。读书其实很多时候是和死人打交道，图书馆堆积的基本上都是思索者的木乃伊，新华书店出售的大部分也是亡灵的墓志铭。你在书籍里看到了无休无止的时间流淌，你就不敢奢侈，不敢口出狂言。自知，是一切美好的基石。当你把他人的聪慧加上你自己的理解，恰如其分地轻轻说出的时候，你的红唇就比任何美丽色彩的涂抹，都更加光艳夺目。

你想美好吗？你就读书吧。不需要花费很多的金钱，但要花费很多的时间。坚持下去，持之以恒，优美就像五月的花环，某一天飘然而至，簇拥你颈间。

溪水金砂

Xi Shui Jin Sha

人的天性如溪水，学习的本能就是金砂。它们潜伏在水中，浪花翻溅时一眼看不到它的颗粒，但因了它们的存在，水变得更有分量和价值。

我相信那些不含有金砂的小溪已经干涸，因为人类生存的环境曾经并且还将是刺骨险恶，你一个人的经历是不丰富的，你同时代的借鉴是不全面的，你一个行业的规则是不完整的……如果不爱学习不善于学习不坚持学习的话，就会被层峦叠嶂的打击和灾变来征伐与掩埋，这个人的遗传基因就昙花一现地湮灭了。

所以，乐观地说，我们每个人都是那些爱学习的人的后代，唯有这项潜藏在血液中的专擅，令我们比所有的动物都更繁荣递进。学习是有很多种方法的，比如抬头望天，你可以学到星空的叙事是多么无与伦比的宏大，滋生出的渺小和畏惧感让你一生警醒谦逊。比如低头俯地，你可以窥到万物葱茏物竞天择优胜劣汰残酷公平，焕发出的紧迫和危机感让你不敢有一刻懈怠放松。比如听妈妈讲那过去的事情，你会生出无限的柔情，不但绕指更是绕心。比如看风光大片科幻影像，你会惊骇莫名，有一种充满未知的狂喜和震撼……

然而我以为最好的学习还是阅读。

首先我们要感谢文字，因为有了文字我们的情感血脉才有了附丽的骨骼，我们的理论枝蔓才有了攀缘的篱笆，我们的科技成果才有了传袭的衣钵，我们的历史才有了一面面古镜矗立照耀。

时代进步，从布帛竹简到计算机液晶屏，书写变得越来越快，阅读变得越来越方便了。记得我小时候，看一本长篇小说要个把星期，那还算快的呢！借书给朋友，不过百八十页，半个月后要她还，她说，这才几天啊你就催，我还没看完呢，小气呀小气！

读书，一种是技艺之书，讲的是各行各业的特殊规则。还有一种是普遍的知识，比如文史哲。读行业之书的人多，读普遍法则的人少。有一年我到国内著名的一所医科大学授课，我说你们这些未来中国最杰出的医生，有谁读过《红字》？有谁读过《罪与罚》？请举手。台下抬臂者寥寥。在感谢了这些博士生们的诚实之后，我深表遗憾。一个医生，除了读医书以外，也要读艺术。因为你面对的不是一个装满了病痛脓血的破罐子，而是一个活色生香的人。生死契阔啊，他们在最悲苦无助的时候和你狭路相逢，你要医治他，不仅仅是凭着你的精湛医术，而且要凭着你强大的人格和综合的力量。如果你想当一个名医而非庸医，请在读医书的同时，也展读人文科学方面的书籍。提高了你的素养，是你的福气，是你爹妈妻子丈夫孩子的福气，同时也造福了你的病患。我相信一个读过很多专业以外书籍的建筑师，盖出的楼房一定更漂亮和更实用。我相信一个读过很多专业以外书籍的学者，授课传业的时候，一定更风趣更幽默更旁征博引口吐莲花。我相信一个读过很多专业以外书籍的科学家，提出的设想和理论，一定更曲径通幽独树一帜。我相信一个读过很多专业以外书籍的管理者，他的企业一定更具活力和创新精神。

我们曾经有过阅读备感艰难的时代。高玉宝的“我要读书”就是明证。那时候的无法阅读，是因为贫困和压迫。后来又有过对知识的蔑视，阅读也被视为了通向反动的阶梯。我上初中一年级的时候，正逢“文化大革命”。学校停课闹革命，图书馆也关闭了，任何人不得进入。得知可以不再读书的第一天，心情像焰火一样蓬松绚烂。

但日子一天天驰去，牙口徒长，知识却永远停留在 13 岁的水平，那种渐进式的痛楚，巨蚕噬桑般把意志镂空。后来，图书馆开了一道小小的门缝，说是可以借阅“毒草”了，代价是你看完一本之后，要交出一篇大批判文章。还书的时候，批判稿需一并附上，如果审查合格，就可以继续借阅。如果你敷衍了事或者干脆交不出批判文章，便永久取消你的借阅资格。

大家蜂拥去借书。但几轮之下，就门可罗雀了。规则严苛，审查文稿者声色俱厉，拥有借阅资格的人越来越少。我面临着一个悖论。我喜爱“毒草”的芬芳，可我不得不批判它们。为了能继续阅读，只有口是心非。记得我曾面对苍穹向大师们祷告，说你们既然能创造出那么多心境复杂的人物，一定也能体谅一个中国女孩此时的难处，为了能亲近你们，就原谅我说你们的一点点坏话吧，请不要生气……

现如今，很多人不再贫穷，也没有人压制阅读，可时间成了瓶颈，很多人苦恼的是总也找不到空闲来阅读。

那是因为有太多的诱惑。

阅读是没有香氛的，于是抵不过餐桌的美味。阅读是孤独的，于是没有觥筹交错的热闹。阅读是伴有思考和停顿的，于是没有游戏般的顺畅和惬意。阅读甚至是充满碰撞和痛楚的，因为有忏悔的顾盼和掘进的深入。

但是，优秀的阅读是有力量的，因为在阅读的时候，你不是一个人，而是和古今中外的先驱者们并行。

书的扉页里树在哭泣

Shu De Fei Ye Li Shu Zai Ku Qi

很多人以为看电视可以代替看书，那里面有知识，有兴趣，也有故事。在不知不觉当中，就学到了很多东西，而且整个过程舒适而惬意，绝不像看书时的正襟危坐，从精神到姿势都蕴涵紧张。

但天长日久下来，看电视的人和不看电视的人，就变成了两种不同的人类。

看书是一种抽象，我们的祖先为什么要发明语言和文字呢？他们看到了许许多多的景象，需要一种概括。比如一棵棵的树可以描绘，但是无边无际的树木，就要有一个特定的名字了。于是他们给它起名叫作“森林”。

当我们在书上看到“森林”这个词的时候，我们的脑海要将它转换成无边无际绿色高大枝叶纷披的植物。阅读就是这样一个不断转换符号的过程，迫使我们的神经像拧紧的发条，处于兴奋之中。

当电视向我们展示森林的时候，它映出一棵棵树的形象。看！这就是森林的含义，它得意洋洋地指示我们。我们感觉轻松，因为电视替我们做了一半的工作，它完成了符号转换过程中应该由我们的大脑干的活儿。我们的脑子是一个懒汉，它乐得有人帮忙，自己躲在一边休息。于是看电视使我们迷恋和愉悦。

但任何事物都是一把双刃的剑。电视在为我们铺设柔软椅垫的时候，也陪嫁过来一个陷阱。

语言是一种抽象，它在还原成一种具象的时候，是依了主观者的想象而有大不同的。100 个人读《红楼梦》，心中就有 100 个林黛玉哭泣的身影。电视一旦向我们展示了这一个林妹妹以后，我们自我设计的林妹妹就会羞于再出世了。

今日电视用一种约定俗成的形象，扼杀了属于个体的独特想象。

而想象实在是人类智慧飞翔的翅膀。

电视剥夺了我们想象的权利，把万众一心的模式塞给我们。因为电视的大众传媒性，它所展示的形象必是老少咸宜的。因此，电视的简化实际是一种思维的桎梏与退步。

比如说“祖国”这个词，当我们看到它的时候，心里就涌现一种很复杂很亲密的感情。由于近百年来中国历史的沉重，这感情中还蕴涵着隐隐的悲壮。一种久远苍凉的感觉笼罩着我们，挥之不去。假如到了电视上，“祖国”这个词该怎样表现呢？我想，会出现茫茫大地，九派河流，周口店猿人，青铜器，四大发明，长城，红旗，鲜花，原子弹爆炸……重重叠叠的影像不断闪现，使人目不暇接。但即使再加盟其他许多景色，仍旧有挂一漏万的遗憾。

我们看得眼花缭乱，但电视上的“祖国”，是否在心底引起了同书面上的“祖国”这个词所具有的同样反响呢？

我很怀疑。甚至很悲观。

电视比书小。

电视的兴起，是以文字和语言为介质的，但它却反过来戕害了这个母体。文字是景象的概括，电视以图像诠释了文字，却又让人们在图像中迷失，以至于最终忘怀了文字。

但书也是有弊病的。最大的弊病是它需要大量的纸张。每一本书都是森林中一个绿色的灵魂幻化而成，印了字，传达了信息，就完成了历史使命，等待它的就是火焰与糜烂。自从蔡伦发明了更加轻便好用的纸，有多少精灵为了人类的聪慧而献身。

我常常在书的扉页里，听到树的哭泣。

电视屏幕却是日日更新的，每天轰炸般地传达信息。它的效率比之书籍，实在是不可同日而语。

所以我觉得电视不要一味地传达形象，而应该传达文字。让我们坐在家里，就可以读到世界上最新最好的书。

我对现在的信息高速公路，很感兴趣。书发展到了今天，应该摆脱老面孔，更多地容纳新东西。把电视的优点借鉴了来，不再用纸张，用高科技的手段，显示祖先传给我们的古老文字。既保持思维的锐利，又加速知识的更新，使抽象与具象都得到更长足的进步。

白雪下的暴力

Bai Xue Xia De Bao Li

白雪公主这篇童话，从小读过多遍。倘若把记忆想象成一幅图画，该是雪白和晶莹的，而且有着淡淡的甜香。为什么会这样色香味俱全呢？因为幼时曾攒过糖纸，在很长一段时间内，我有一张“白雪公主”的糖纸，始终是收藏中的翘楚。一块硕大的正方形的糖纸，可能是包棒棒糖的，比一般的糖纸要大很多。在糖纸的一个角上，有洋娃娃一样美丽的白雪公主，在其余的角落里，散落着七个小矮人。它们的头很大，躯体很小，样子滑稽可笑，而且，看起来年纪都不轻了，好像不倒翁老爷爷，只是肚子没有那样圆滚。

渐渐成人，再看“白雪公主”，某一天，突然就看出了很多的暴力倾向，刚发现这一点的时候，自己也吓了一跳。因为这是一篇多么经典的童话啊，受到了无数孩子和家长的喜爱，若是说它很有点“儿童不宜”，除了大煞风景之外，也许会触犯众怒的。所以，心情一忐忑，就不再往下想了。感谢现在有了这样轻松谈天的机会，斗胆写下，也算是一家之言吧。

白雪公主刚生下来不久，她的妈妈就死了。这当然不是她的过错，但一种悲凉的气氛就弥漫过来。后来，新皇后被娶了来，在获知魔镜关于谁是世界上最美丽的女人的情报之后，她就生出了杀戮之心，嫉妒刚刚 7 岁的小女孩，就叫来了猎人，让猎人把白雪公主杀死，并把她的心肝带回皇宫作证据。

白雪公主哀求猎人放她一命，猎人想到反正小姑娘很快就会被野兽吃掉，就放了她，然后杀死了一只小山猪，把山猪的心肝取出来，带给皇后。皇后以为是白雪公主的心肝，就加上调味料烹调一番，把心肝一口一口地吃下去了……

这真是描述了一种极令人震惊恐怖的血腥。想想我们的经历，大约很多人第一次详尽确切地知道人会食人，“白雪公主”算是启蒙读物了。以它发行的广泛和绘画的精美，我见过三四岁的孩子看得津津有味。那幅图案是——皇后用叉子扎了一块撒着好像辣粉的东西，正往自己红红的嘴里送……

如果说因为皇后是一个恶人，所以她生出这样凶残毒辣之心，也在情理当中，那么在文章的结尾，写到皇后为了和新皇后（新皇后就是白雪公主）比美，去参加婚礼，认出了白雪公主，她气得一动也不动，像个木头人。这时候，白雪公主和她的丈夫，准备了一双铁拖鞋放在火炉里，烧得又红又烫，用火钳子夹出来，放在老皇后的眼前，让她穿上这双烧得红彤彤的拖鞋跳舞，直到累死为止……

这段文字读下来，是不是也让人心惊胆战？当然了，我绝不是说皇后命不该诛，她犯下的是不折不扣的谋杀罪，还不是一次，是四次（虽然由于种种的原因，未遂）。第一次是假手猎人，第二次是用彩带绞杀，第三次是用毒梳子，第四次是用毒苹果……皇后罪大恶极，实在是死有余辜。但是，我们喜爱的白雪公主和她那英俊的王子，是否应用这种铁舞鞋的酷刑折磨老皇后呢？那种火焰和惨叫交织的舞蹈，是否能带给人们正义的快感？当然，以复仇的名义审判罪恶，师出有名无可非议，但是，对于十分幼小的孩童来说，会不会以为只要是正义的目标，就可以不计较手段的残酷？

我不知道这种描写，在一代又一代的儿童中产生着怎样的感受。我还没有完全想清楚利弊，尤其是没有统计学的资料支持。出于一种人道主义的考虑，我以为可以把王后处死，但不要用这种奇怪而惨烈的刑罚。

还有我对于 7 个小矮人的身份，很有一点搞不明白。首先，他们到底是男人还是女人呢？从他们所从事的工作——挖金矿来看，他们是矿工，而且我们从画面上看到的形象，也都是男人。年纪呢？好像比较老了吧？起码是成年男子，不是儿童。那么，按照今天的观点来看，白雪公主就是到了 7 个陌生男子的家中，待了很多年。

我之所以有把握说她待了多年，是因为从 7 岁逃入密林到王子最后娶她为妻，有一个历史的跨度。这段经历，证明白雪公主已长成了一个少女，起码过了 13 岁吧？投宿陌生人家，白雪公主的胆子真够大的了。不过，当时也没有更好的办法，慌不择路啊。

当然了，7 个小矮人很善良。而且，在童话中，我们不必那么较真。我曾听到一位朋友笑谈，说从童话中看 7 个小矮人的智慧是很充足的，他们只是个子非常矮小。看来是得了一种发育上的毛病，不影响智力。但身高受到影响，性功能也有损。不然的话，他们一起开始追求白雪公主，那就乱成一锅粥了……我当时的感觉很好笑，觉得他对小矮人们不尊，令人生气。过后细细想起来，话中也有几分歪道理。

记得我小的时候，对邪恶皇后那面奇异的镜子，怀有很深的敬意。那是一件宝物。能知道天下那么多的事情，虽然在童话中，它除了贡献“世上的女人谁最美丽”这样的资料以外，并没有显出更多的能耐，但我还是坚定不移地相信它一定还有大的本领，可惜没有给它用武之地。比如要是到我的手里，我就问它——镜子啊镜子，你知道明天考试数学的题目是什么吗？我猜它会给我一个满意的回答。总之，我觉得这面宝贵的镜子，落到了皇后手里，真是它的不幸。巨大的好作用没有发挥出来，反倒成了为虎作伥的角色。

再有就是我对白雪公主的爸爸很生气。他是一个国王，曾经娶了白雪公主的母亲这样贤良美丽的女人做妻子（她在下雪的日子里，还亲自为自己即将降生的孩子做衣服，并发出那样美好的祝愿，就是她善良的证据啊），按说应该是“曾经沧海难为水，除却巫山不是云”才对，知道天下的好女人是什么样的啊。怎么妻子一死，就娶来了一个这样凶恶的皇后，他也太糊涂了。况且，自己那么美丽聪慧的小女儿，说没了就没了，他也不找找，太不负责任了。这样的爸爸呀，要告他一个父亲玩忽职守罪。

后来看过一个小说，大约属于故事新编那一种。说是老皇后听说白雪公主活着，并是世界上最美丽的女人之后，恼羞成怒，一下子就把神奇的镜子摔碎了。那无数碎片随风飘荡，最后变成了无数冰晶般的小沉渣，飞入了很多人的眼睛，并在那里潜伏下来。因为它携带着邪恶的皇后的味道，所以世上有一些人，就永远怀有嫉妒、冷酷、凶狠、残暴的心肠……

这是一个可怕的结尾，让人不寒而栗。我首先从理智上不愿意相信这个结局，我觉得世上还是光明、温暖、博爱、慈悲居多。我还觉得这对小镜子是不公正的。那面镜子并没有直接唆使老皇后作恶，那些阴毒的计谋，都是老皇后自己琢磨出来的，和镜子无关。镜子只是自己没有腿，无法逃离老皇后。要不然，以小镜子的聪明，它早就逃之夭夭了。

背窗而立

Bei Chuang Er Li

我和迟子建是读研究生时的同学。在两年多的时间里，我们之间交谈过的话大约不到一百句。这主要是因为我在上学之余，还担当着一个有十几位医生的小卫生所的所长。一下了课，就匆匆赶回单位上班，几乎无暇同任何人说话。以至于有的编辑说，他们多次去学院组稿，在同学堆里从未见过我，言下颇有我是个落落寡合之人的意思。

其实只是因为忙。

每天在学院上完课吃完午饭，我就背着书包往单位跑。假如天气好，就会在饭厅旁的藤萝架下，看到一个女孩依着清冷的板凳，慢慢地吃她的饭。她吃得很仔细，吃得很寂寞，一任凉风扬起她修长的发丝。其实文人们聚在一起吃饭是很快活的时光，以她的聪慧和美丽，是很可以成为谈话的中心的。我想她这样做，怕是在有意逃避瞩目与喧哗。

这女孩就是迟子建。

我有很多次想对她说，还是到屋里去吃饭，在这样的风口上，长久下去，胃怕是要痛的。这话在心里翻腾得失去了棱角，终于还是没有说。我怕打扰了属于她的那一份宁静。

我还同迟子建开过一次外国使馆召开的文化研讨会。许多人都抢着发言，显露雄辩的才华。我以为迟子建一定会发言的，但是她自始至终沉默着，什么也没有说。散会的时候，我问她为什么不说话呢？她反问说你为什么不发言呢？我说我很不习惯在人多的场合说话。她说她也是。我们就在北京冬天寒冷的空气中对视着微笑了，互相有一种同道的快活。

要描述对一位作家的印象，人们最先想到的是她（他）在伏案写作。但是，我真的不知迟子建写作是怎样的习惯，是喜欢开夜车还是黎明即起？也许因为是同行，就像两个农人，我们不再注意何时下种何时收割，我们只是参观彼此的谷仓，捻一捻谷穗是否成熟……

我到过迟子建在哈尔滨的家。

那房间的书卷气与女孩的情趣，那种舒适与实用的和谐与统一，甚至连墙上她信手涂来却浑然天成的画和她的拿手好菜，都在我的意料之中。

但唯有一点例外。

在临街的窗口，摆着一张写字台。规模之大，可同我过去认识的一位拥有上亿资财的女强人的老板台媲美。

那写字台是背对着窗户面向门的，就有了一种脱离喧嚣君临自我世界的威严。

我见过许多文人的书桌，要么审时度势因陋就简在房屋旮旯为自己凑合一块地盘，抬头就是墙壁。要么凭窗而立，隔着玻璃冷眼观窗外面的世界。

迟子建所选择的写字台的位置，有一种我深感敬佩的勇气在里面。想深夜这时，她在写作的瞬间抬起眼来，会看到她笔下的人物在地毯上跳舞吧？

我总以为要了解一位作家，读他的作品比认识他这个人更重要。

人是可以因了种种的情势而做假，但要在洋洋洒洒几百万的文字里一如既往地说谎，怕不是凡人做得到的。

我喜欢读迟子建的作品。

我在读我喜欢的作家的作品的时候，脑子里就会浮升起一片颜色。

譬如读海明威，我就总感到有一种无所不在的钢灰色笼罩着我周围的空气。那种颜色很坚硬，敲之有锈了很久的铜的音色，喑哑但仍有强大的金属力度。

读张爱玲的时候，是明亮而尖锐的银粉色，耀眼奢华而又杂有暗淡剥脱的赭色斑块。

读迟子建的时候，我总是看到莹莹白雪绿色的草莽和一星扑朔迷离的殷红。无论她是写童年还是今日的都市，这几种颜色总是像雾岚一般缠绕在字里行间。

我想，那白色该是她对写作与人生的坦诚和执着。

我想，那绿色该是她对大自然刻骨铭心的爱戴与敬畏。

那跳荡的殷红色，该是一尊神奇诡谲的精灵在远处诱惑着她，牵引着她，渡她飞升。

愿她的胃不会同她捣乱，愿她在宽大的写字台上，将那白色绿色与血色的殷红，铺陈得更加绚烂。

依然写情书的女孩

Yi Ran Xie Qing Shu De Nü Hai

在电波充斥整个宇宙的时候，情书已成为温馨的古典。

拿到黄殿琴精美的《昨日情书》，心里洋溢起蔚蓝的云霓，一如那美丽封面上飞翔的鸥鸟。

在下雪的日子里，读诗人迷蒙的语言，纷繁的意象如雪片扑面而来。仿佛看到诗人炙热的心在水波中漫浸，一圈圈泛起涟漪，记录着生命的震颤。

我们已经许久许久没有情书了。高科技扼杀了窃窃私语的嗫嚅，快节奏熄灭了柔情蜜意的低吟。人们越来越简明迅捷，生活像速冻食品，新鲜但是丧失了必要的汁液。纯洁善良的人们拒绝谈论情书，觉得那是虚幻的传说。先锋前卫的青年甚至藐视情书，觉得迟缓的笔尖跟不上跳荡的思绪，是一种迂腐。

情书似乎同鹅毛笔一道，插在历史的墨水瓶里，凝固成湛蓝的一坨。

在寂寞中，这个女孩不倦地歌唱情书，像一朵遗失在苍原上的花。

她歌唱童贞。“一个女人可以投入许多男人的怀抱，一个男人可以同时拥抱许多女人，但我怀疑那是为了真爱……命运套在一起才是爱的最高境界……爱的时候，生活会变得躁动不安，像怀孕的少妇。寻欢作乐会将最美丽的语言弄皱。”

她歌唱爱情。“连着几个夜晚没有月亮，连着几个白日没有太阳雨。若再没有你，我就没有了日子。”“相信你的爱没有错。相信每一个苦难的日子！你的生命已为我作了坚实的岸，那上面铭刻的文字只有一个共同的内容：爱。”

她歌唱自己。“我没有人生的经验。唯有自爱。我永远自爱，永远佩服自己的顽强。”“当我感到我的爱并不能给你幸福反而是痛苦时，我会撤回我的爱，用我的痛苦换回别人的自由。”

她也有痛苦的时候。“心上落着没有水的小雨”，诗人发出朴素的怨怼，“你也太欺负人了……你的一个字就那么珍贵？是怕我免费学了你的文采？还是怀疑我会把你的字句拿来当字帖？……我崇尚普通劳动者淳朴耿直的感情……为了要做普罗米修斯，也难免让那颗心蹦上了高加索的山顶。”

她有时又会向着一个我们所不知的对象发泄凛然怒气。“我不是代用品！我不能代替任何人。我就是我。我也不想代替谁。你更不必把谁当成谁的工具。”

面对这本厚厚的情书，阅读的时候我常常陷入迷惘。我为诗人的才气所惊讶，坦白地讲有许多地方我不大懂。它引起我强烈的探索奥秘的兴奋。

我平日主要是写小说的，缠绕在故事情节和对话中。这使我常常用一个小说家的眼睛去读诗，犹如戴着不会变色的眼镜走进幽静的峡谷。

我极力想探索这一纸诗笺后面的故事，但是我知道这不仅徒劳而且无益。诗人只是将一盏盏清茶递与我们，让我们感受其中的芬芳。并不曾有义务告诉我们她是从哪座险峻的山崖上采得神韵。

于是我淡淡地啜这茶。遇到不大懂的地方就默默地感受那气氛。

在如此喧嚣的城市，有人纯真地歌唱爱情和友情，是难得的真诚。

在童话般的岚气里，我看到垂着一条独辫的女孩，用红靴子走出灵巧的脚印。

罂粟为什么开红花

Ying Su Wei Shen Me Kai Hong Hua

河北教育出版社出了一套名为《红罂粟》的女作家作品丛书。围绕着书名，一时间议论纷纷。电视台刚放了反毒品的专题片，人们对荧屏上摇曳多姿的罂粟记忆犹新，深恶痛绝。女作家们何以选了这样一个惊世骇俗、意蕴叵测的书名？到底是什么人首先发难，创意了它？似乎成了一个谜。

罂粟艳丽诱惑，充满了危险，在中国带有更多耻辱痛苦和敌意的象征，女作家们为什么非用它？报纸上说是一群女作家把自己关在房子里想象，诞生了它。但至今“死活没有一个人站出来承认，连主编王蒙先生也不知道”。

谜，有时不必千古，只需瞬间。

更多的人以为这是一个散发广告气味的商业谋略，以某种耸人听闻的震惊效益招徕读者。

呜呼！风雨中的红罂粟！

此情此境下，我只好义不容辞硬着头皮站出来，承认这名称最主要最招人非议的部分——“罂粟”二字，系出自我的提议。至于美丽而健康的“红”字，则归功于赵玫女士。

1994 年夏季的北戴河。池莉、黄蓓佳、范小青、王晓玉、赵玫和我，坐在招待所一间朝北的房间里，接受了主编和出版社布置的任务——为计划中的这套新中国成立以来最大的女性文学丛书，起一个响亮的名字。

思考从借鉴开始，大家都说“布老虎丛书”这个名字很好，他们用了一个动物的名字，我们就用一个植物的名字吧。世上的植物万千气象，我们选择哪一种植物呢？

我脱口而出：请用罂粟！

人在特定的场合会说出特定的话来，看似一种偶然，实则是一种必然。

人学会一个字，掌握一个词，有时是同一种特别的心境、特别的氛围，紧紧相连。我上五年级的时候，学过一篇描写苏联英雄的课文。说的是他在身负重伤的情形下，背着战友在雪地上艰难爬行（假如有60年代通用的课本，应该找得到这篇课文）。当他实在坚持不了的时候，英雄想到了爷爷讲过的故事：“田野里的罂粟为什么开红花？它是烈士的鲜血染成的。”

清秀的女老师在黑板上写下了大大的两个字——“罂粟”，然后说，这是一种我们没有见过的非常美丽的花。

倾斜的夕阳恰好打在黑板上，给这个词镀上了金色的光辉。我牢牢记住了字的形状，甚至有一个奇怪的想法：课本里之所以选了这篇课文，就是为了让我们学会这两个字。

后来我学了医。一位老医生谆谆告诫我，在抢救心肌梗死的病人时，镇定止痛的首选药物，是注射罂粟碱。“记住，罂粟碱有时候是可以救命的。”他一脸严峻，令我不敢有须臾漠视。

说来惭愧，我是在成人以后很久，才知道罂粟可以提取鸦片。

但我仍旧只恨鸦片，不恨罂粟。罂粟只是大自然繁衍的无数植物中的一种，它美丽热烈，千百万年来自由自在地生长着，开放着，对人们用它提炼毒品不负责任。

大自然无罪。

看到“罂粟”这个字眼，就立即联想到鸦片和形形色色的毒品，这是人类后天赋予罂粟的条件反射，它是附加于罂粟头上的荆冠。

这好比是矿石，冶炼为铁，制造成杀人的武器屠戮善良，这是人的罪恶，矿石是无言而无辜的。

正是基于这种原始意义上的认同，我选择了“罂粟”。

此语一出，屋内片刻寂静。这毕竟是一个极少被用作标题的字眼，作为我们这个群体作品共同的名称，大家是十分慎重的。我很想解释一下，但终于什么也没有说。我相信朋友们，我们有共同的对于美丽的理解和对于自然的热爱，我们是心心相通的。

赵玫说，加个“红”字，就叫“红罂粟”吧。

好！就叫“红罂粟”！在场的女作家们一致通过。

我们通过了，还需经过主编和出版社的认可。王蒙先生听后露出赞许之色，出版社也说这名称响亮别致而且美丽。于是这就成了这个问题的答案。

从许多年前那个斜插阳光的下午，到北戴河海滨的小屋，罂粟给我最初和最后的印象，都是美好的。女作家们认真而严肃地通过了“红罂粟”这个名称，是一种勇敢和炽烈的决定。

一直没有人认领它的命名权，不是因为我们的怯懦，而是一种善意。

我和瑞恩妈妈的不同

Wo He Rui En Ma Ma De Bu Tong

在报上看到一个故事。那是 1998 年的一天，加拿大的 6 岁男孩瑞恩刚一放学，就急急忙忙跑回家，向妈妈伸出手说，给我 70 块钱，我要给非洲的孩子修一口井。原来，老师在给一年级的孩子们上课时说，非洲的孩子没有玩具，没有粮食和药品，甚至连洁净的水也喝不上，成千上万的孩子就这样死去了。瑞恩听了非常难过。

老师接着告诉大家，一分钱可以买一支铅笔，25 分可以买 175 粒维生素药片，一块钱可以吃一顿饱饭，两块钱可以买一条毯子，而 70 块钱，可以挖一口井。

6 岁的瑞恩下了一个决心：明天我要带来 70 块钱，我要为非洲的孩子挖一口井。

这说的是故事的由来。瑞恩的想法，我倒不觉得奇怪，孩子嘛，基本上都是富于爱心和怜悯之情的，他们常常想入非非。

虽然成人世界有很多阴郁，但我们教育孩子的时候，总要以阳光和温暖为主。当我看到这里的时候，倒是为瑞恩的妈妈苏珊捏了一把汗——怎么回答呢？

苏珊是一家娱乐委员会的顾问，丈夫马克是警察。也就是说，他们是加拿大的工薪阶层，家里共有三个男孩，瑞恩是中间的一个。

苏珊对瑞恩说，70 块钱太多了，我们负担不起。我松了一口气。是的，要是我，我也这么说。要是孩子的每一个善良的愿望都付诸实施，几乎所有的家庭都能破产。

瑞恩没有放弃自己的请求，只要一有时间，他就向父母重复这个愿望。苏珊和马克不得不认真对待这件事了，他们讨论之后，向瑞恩宣布了一个方案：我们不能白白地给你这些钱，如果你真的想得到，你可以自己去赚。

苏珊在电冰箱上放了一个旧饼干盒子，画了一个积分表，上面有35条线。饼干盒子里每增加两块钱，瑞恩就可以涂掉一个格子。

妈妈对眼巴巴的儿子说，你只有做完额外的家务活，才能得到报酬。

你以前做的那些不算。

瑞恩答应了。6岁的孩子开始吸地毯，足足干了两个多小时，妈妈验收之后，在饼干盒子里放下了最初的两块钱。瑞恩开始帮邻居捡大风吹落的树枝，从此不再买玩具，别人看电影的时候，他擦窗户……就这样开源节流，整整4个月之后，瑞恩攒够了70块钱。

苏珊托了朋友，多方打听，找到了一个名叫“水罐”的组织，他们负责到非洲打井。苏珊带着隆重地穿上了小西服的瑞恩到了那里，人们告知他们，70块钱只够买一个水泵，挖一口井需要2000块钱。瑞恩说，那好吧，以后我干更多的活儿，攒够这笔钱。

苏珊和马克真是发愁了，就算他们的小儿子再不辞劳苦地干家务，可是他们付不出这笔工资啊。

苏珊的朋友被感动了，用电子邮件把瑞恩的故事传了出去。后来当地报纸登出了这个故事，名字就叫“瑞恩的井”。许多人看了报道，把钱寄给“瑞恩的井”。他的父母为了管理这些钱，专门成立了“瑞恩的井基金会”，在乌干达安格鲁打下了第一口井。现在，这个基金会的筹款已经达到了七十五万加元，正在帮助更多的非洲人实现喝洁净水的愿望。

瑞恩作为唯一的加拿大人，被评为“北美十大少年英雄”，并得到加拿大总督颁发的国家荣誉勋章。面对着这样辉煌的荣誉，瑞恩今后将何去何从？苏珊说，瑞恩他已经做得够多的了，如果他选择放弃，我们绝不会勉强他。就是说，如果瑞恩决定放弃他的井，他的爸爸妈妈如同当年支持他打井一样，也支持他关井。

不由得想起，如果我有瑞恩这样一个孩子，我该如何应对？

我想首先在瑞恩提出要给非洲的小朋友捐一口喝水的井时，假如我心情不佳，我会不耐烦地挥挥手说，这都是大人们管的事，你还小，操那么多心干什么？快写作业去！

假如我心情不错，也许会拿出一张世界地图，指着非洲对他说，你知道非洲在哪儿？看见了吗？在这里，离咱们十万八千里呢！就算你真有一片爱心，也得等你长大了再说。好了，睡觉去吧，梦中你就能到非洲。

如果我的孩子一定要捐 70 元用来打井，如果我是一个富人，我会说，好，你来亲亲妈妈的脸，妈妈就给你这 70 块钱。我的孩子多懂事啊，多么有爱心啊。

如果我手头拮据，我会悻悻地说，你还想用做家务挣钱给非洲人，我天天都在家做家务，谁给我钱了？做家务是挣不来这些钱的，你的算盘打错了，有这个时间，你多读点书比什么都好，自己的事情都拉扯不清，连稀粥都快喝不上了，还搭理什么非洲！

如果我的孩子真的不畏艰难，靠自己的努力攒够了 70 块钱，委托我把它捐到非洲去，我会把它暗暗收起，然后对他说，我已经把钱寄出去了，非洲那地方很远，你别着急，也许很久才会有回音呢！当我几乎忘掉此事的时候，孩子问起，我就会支支吾吾地说，哦，那些钱……当然了，是的，寄出去了，你知道非洲离我们万水千山，他们很难和咱们联系得上，总之我相信他们是收到的……当我说这些话的时候，舌头直打结。那笔钱已经变成了红烧凤爪或是一套课辅教材，叫我如何交代得出确切下落。

就算是我没有贪污孩子打井的资助，我也不可能为他设立一个基金会。我会觉得这是多此一举，是没事找事自寻烦恼，我一天为了自家的柴米酱醋盐还掰不开镊子呢，哪里顾得上非洲！也许对当年记挂着亚非拉三分之二受苦难的人民一事印象太深，我现在格外地愿意关注自家。

好了，就算是我为他设立了一个基金会，得到了社会各界的认可和支持，就算得到了十佳少年的称号，上报上电视上广播，我和苏珊最大的分歧也将暴露出来。我无论如何也不能让他停下来。哪怕是他疲倦了，我越俎代庖也要鞭策他保持晚节（对这么小的孩子，也许不能说晚节，那就是早节吧）。哪怕是他厌倦了，我就是打着骂着哄着，也要让他在舆论面前惟妙惟肖地表演爱心。哪怕是他兴趣转移，我也要千方百计地敦促他一如既往地维持下去，既然已经走到了这一步，就好比是上了一条金光闪闪的传送带，怎能轻言退下？光环簇拥着，不能善罢甘休。无论如何也要咬牙挺到被保送上了名牌大学，把这个小英雄的内在价值充分利用起来。非洲的井里有没有水，在我这个妈妈的心里，是远远比不上孩子的前途和读书重要的。

我并非一个特别自私的特例。当瑞恩和妈妈一道来中国，在我们的电视台做客的时候，观众问得最多的问题是：瑞恩这样关注非洲的井，不会影响到他的学习吗？这个问题被问到的次数之多，连翻译都说不耐烦了。

也许我的孩子和瑞恩没有太大的不同，但我和瑞恩的母亲实在是有很多的不同，这些不同，不仅仅是经济上的差异，还有文化和传统上的不同。比如我们会把一个孩子读书的成绩，看成是唯此为大的事情，相信仓廪足然后知荣辱，以为爱是建筑在物质的富裕之上的奢侈。值得反思的不是我们的孩子，而是我们自己。虽然从时间顺序上看起来是先有了瑞恩的想法，然后才有了支持瑞恩的妈妈的行动，其实，是先有了瑞恩的妈妈，才有瑞恩。不仅是从生理的意义上来说，从思想的意义也是如此。

Chapter
贰

阅读，
那些静默柔软的
时光

稀薄的空气最大限度地保存了

阳光锐利的金色，

照射到书页上，

平凡的纸张化作了金箔，

在山风的呼啸中

闪动着诡异的光泽。

常读常新的《人鱼公主》

Chang Du Chang Xin De Ren Yu Gong Zhu

大约 8 岁的时候，第一次读到人鱼公主的故事。读完后泪流满面，抽噎得不能自已。觉得那么可爱和美丽的公主，居然变成了大海上的水泡，真是倒霉极了。从此在很长一段时间内，看到了湖面上河面上甚至脸盆里的水泡就有些发呆（那时没有机会见到大海，只有在这些小地方寄托自己的哀思），心中疑惑地想，这一个水泡，是不是善良的人鱼公主变成的呢？看到风把小水泡吹破，更是万分伤感。读的过程中，最焦急的并不是人鱼公主的爱情，而是最痛她的哑。认定她无法说出话来，是一生未能有好结局的最主要的根源。突发奇想，如果有一个高明的医生，拿出一剂神药，给人鱼公主吃下，以对抗女巫的魔法，事情就完全是另外的结局了。而且还想出补救的办法，觉得人鱼公主应该要求上学去，学会写字。就算她原来住在海底，和陆地上的国家用的文字不同，以她那样的聪慧，学会普通的表达，也该用不了多长时间吧？比如我自己，不过是个人类的普通孩子，学了一二年级，就可以看童话了，以人鱼公主的天分，应该很快就能用文字把自己的身世写给王子看，王子看到了，不就真相大白了吗！

大约 18 岁的时候，又一次比较认真地读了《人鱼公主》。也许是情窦初开，这一次很容易地就读出了爱情。喔喔，原来，《人鱼公主》是一篇讲爱情的童话啊。你看你看，她之所以能忍受那么惨烈的痛苦，是为了自己所爱的人。她忍受了非人的折磨，在刀尖样的甲板上跳舞，她是宁肯自己死，也不要让自己所爱的人死。这是一种多么无私和高尚的不求回报的爱啊！心里也在琢磨，那个王子真的可爱吗？除了长得英俊，有一双大眼睛之外，好像看不出有什么太大的本领啊。游泳的技术也不怎么样，在风浪中要不是人鱼公主舍身相救，他定是溺水必死无疑的了。他也没啥特异功能，对自己的救命恩人一点精神方面的感应也没有，反倒让一个神殿里的女子，坐享其成。当然啦，那个女孩子不知道内情，也就不怪她。但王子怎么可以这样的糊涂呢？况且，人鱼公主看他的眼神，一定是含情脉脉，他怎么就一点“放电”的感觉也没有呢？好呆！心里一边替人鱼公主强烈地抱着不平，一边想，哼！倘若我是人鱼公主，一定要在脱掉鱼尾变出双脚之前，设几个小计谋，好好地考验一下王子，看他明不明白我的心。因为从鱼变成人这件事，是单向隧道，过去了就回不来的。要把自己的一生托付出去，实在举足轻重。不过，真到了故事中所说的那种情况——由于王子的不知情，没有娶人鱼公主，公主的姊妹们从女巫那儿拿了尖刀，要人鱼公主把尖刀刺进王子的胸膛，让王子的鲜血溅到自己的双脚上，才能重新恢复鱼尾……局面可就难办了。思来想去，只有赞同人鱼公主对待爱情的方法，宁可自己痛楚，也要把幸福留给自己所爱的人……

到了 28 岁的时候，我已经做了妈妈。这时来读《人鱼公主》，竟深深地关切起人鱼公主的家人来了。她的母亲在生了 6 个女儿之后去世了，我猜这个女人临死之前，一定非常放心不下她的女儿，不论是最大的还是最小的。她一定是再三再四地交代给公主的祖母——老皇后，要照料好自己的孩子，特别是最小的女儿。老皇后心疼隔辈人，不单在饮食起居方面无微不至地看顾孩子们，而且还给她们讲海面上人类的故事。可以说，老皇后一点也不保守，甚至是学识渊博呢。当人鱼公主满 15 岁的时候，老皇后在她的尾巴上镶了 8 颗牡蛎，这是高贵身份的标志和郑重的成人典礼啊。当人鱼公主遇到了危难的时候，老皇后的一头白发都掉光了，她不顾年迈体弱，升到海面上，看望自己的孙女……我强烈地感受到了这位老奶奶的慈悲心肠和对人鱼公主的精神哺育。人鱼公主的勇气和聪慧，包括无比善良的玲珑之心，都不是从天上掉下来的，诸多得益于她的祖母啊。

到了 38 岁的时候，因为我也开始写小说，读《人鱼公主》的时候，不由自主地探讨起安徒生的写作技巧来了。我有点纳闷儿，安徒生在写作之前，有没有一个详尽的提纲呢？我的结论是——大概没有。似乎能看到安徒生的某种随心所欲，信马由缰。当然了，大的轮廓走向他是有的，这个缠绵悱恻一波三折既有血泪也有波浪的故事，一定是在他的大脑里酝酿许久了。但是，连续读上几遍之后，感到结尾处好像有点画蛇添足。试想当年：安徒生很投入地写啊写，把这么好的一个故事快写完了，突然想起，咦，我这是给孩子们写的一个童话啊，怎么好像和孩子们没多少关系了？不行，我得把放开的思绪拉回来。他这样想着，就把一个担子，压到了孩子们的头上。他在故事里说：你喜欢人鱼公主吗？猜到小孩子一定说——喜欢。然后他接着说，人鱼公主变成了水泡，你难过吗？断定大家一定说——难过。那么好吧，安徒生顺理成章地说，人鱼公主变成的水泡，升到天空中去了，她在空中听到一个低低的声音告诉她，300 年之后，她就可以为自己造一个不朽灵魂了。300 年，当然是一个很久很久的时间了。

好还有补救的办法，那就是——如果人鱼公主在空中飞翔的时候，看到一个能让父母高兴的小孩子，那么她获得不朽灵魂的时间就会缩短。如果她看到一个顽皮又品行不好的孩子，就会伤心地落下泪来，这样，她受苦受难的时间就会延长……我不知道安徒生是否得意这个结尾，反正，我有点迟疑。干吗把救赎工作，交到每一个读过人鱼公主的故事的小孩子身上啊？是不是太沉重了？

现在，我 48 岁了。为了写这篇文章，又读了几遍《人鱼公主》。这一次，我心平气和，仿佛天眼洞开，有了一番新的感悟。这是一篇写灵魂的故事。无论海底的世界怎样瑰丽丰饶，因为没有灵魂，所以人鱼公主毅然离开了自己的亲人。她本来把希望寄托在一个爱她能胜过爱任何人的王子身上，那么王子就可以把自己的灵魂分给她，她就从王子手里得到了灵魂。为了这份与灵魂相关联的爱情，人鱼公主付出了自己所能付出的一切，她的勇敢、善良、舍身为人……都在命运燧石的敲打下，大放异彩。但是，阴差阳错啊，她还是无法得到一个灵魂。人鱼公主是顽强和坚定的，她选定了自己的道路就绝不回头，终于，她得到了自己铸造一个灵魂的机会。在一个接一个严峻的考验之后，在肉体和精神的磨砺煎熬之后，人鱼公主谁都不再依靠，紧紧依赖着自己的精神，踏上了寻找不朽灵魂的漫漫旅途。

这个悲壮而凄美地寻找灵魂的故事，是如此地动人心弦，常读常新。有时想，当我 58 岁……68 岁……108 岁（但愿能够）的时候，不知又读出了怎样的深长？

阅读是一种孤独

Yue Du Shi Yi Zhong Gu Du

阅读的感觉难以比拟。

它有些像吃。对于头脑来说，渴望阅读的时刻必定虚怀若谷。假如脑袋装得满满当当，不断溢出香槟酒一样的泡沫，不论这泡沫是泛着金黄的铜彩还是热恋的粉红，都不宜于阅读，尤其是阅读名著。

头脑需嗷嗷待哺，像荒原上觅食的狼。人愈是年轻的时候，愈是贪吃。随着年龄的增长，我们吃得渐渐地少了，但要求渐渐地精了。我们知道了什么于我们有益，什么于我们无补。有许多长寿的人，你问他们常吃什么食品，他们回答说：什么都吃，并无特殊的禁忌。但有许多东西他们只尝一口，就尖锐地判断出成色。读书也是一样，好的书，是人参燕窝熊掌，人生若不大快朵颐，岂不白在世上潇洒走过一回？坏的书，是腐肉砒霜氰化物，浪费了时间贻误了性命。名著一般多是经过了许多年代的考验，是被大师们的智慧之磨研磨了无数遭的精品。读的时候，像烈火烹油的满汉全席，为大家享乐。

它有些像睡。我小的时候，当我忧愁，当我病痛，当我莫名其妙烦躁的时候，妈妈总是摸着我的头说，去睡吧。睡一觉也许就好了。睡眠中真的蕴藏着奇妙的物质，起床的时候我们比躺下时信心倍增。阅读是一种精神的按摩，在书页中你嗅得见悲剧的泪痕，摸得着喜剧的笑靥，可以看清智者额头的皱纹，不敢碰撞勇士鲜血淋淋的创口……当合上书的时候，纸页和人所共知的文字只是由于排列的不同，就使人的灵魂和它发生共振，为精神增添了新的钙质。当我们读完名著的最后一个字时，仿佛从酣然梦幻中醒来，重又生机盎然。

它有些像搏斗。阅读的时候，我们不断同书的作者争辩。我们极力想寻出破绽，作者则千方百计把读者柔软的思绪纳入他的模具。在这种智力的角斗中，我们往往败下阵来，但思维的力度却在争执中强硬了翅膀。在读名著的时候，我常常在看上一页的时候，揣测下一页的趋势，它们经常同我的想象悬殊甚远。这种时候我会很高兴，知道自己碰上了武林中的高手。

大师们的著作像某一流派掌门人的秘籍，记载着绝世的功法。细细研读，琢磨他们的一招一式，会在潜移默化中悟出不可言传的韵律。只是江湖上的口诀多藏之深山传之密室，各个学科大师们的真迹却是唾手可得。由于它的廉价和平凡，人们常常忽视了它的价值。那是古往今来人类最智慧的大脑留给我们的结晶啊！

我一次次在先哲们辉煌的思辨与精湛的匠艺面前顶礼膜拜，我一次次在无与伦比的语言搭配之下惊诧莫名……我战胜自己的怯懦不断地阅读它们，勇敢地从匍匐中站起。我知道大师们在高远的天际微笑着注视着后人，他们虽然灿烂却已经凝固。他们是秒表上固定了的记录，是一根不再升高的横杆。今人虽然暗淡，但我们年轻。

作为阅读者，我们还处在生命的不断蜕变之中，蛹里可能飞出美丽的蝴蝶。在阅读中，我们被征服。我们在较量中蓬勃了自身，迸发出从未有过的力量。

阅读是一种孤独。几个人共看一本书，那只是在极小的时候争抢连环画。它同看电影看录像听音乐会是那样地不同。前者是一块巨大的生日蛋糕可以美味地共享，后者只是孤灯下的一盏清茶，只可独啜，倾听一个遥远的灵魂对你一个人的窃窃私语。他在不同的时间对不同的人说过同样的话，但你此时只感觉他在为你而歌唱。

如果你不听，他也不会恼，只会无声地从书页里渗出悲悯的叹息。你啪地合上书，就把一代先哲幽禁在里面。但你忍不住又要打开它，穿越历史的灰尘与他对话。

阅读名著不可以在太快乐的时光。人们在幸福的时候往往读不进书。快乐是一团粉红色的烟雾，易使我们的眼睛近视。名著里很少恭维幸运的话语，它们更多是苦难之蚌分泌的珍珠。

阅读名著也不可在太富余的时刻。阅读其实是思索的体操，富余的膏脂太多时，脑子转动得就慢了。名著多半是智者饿着肚子时写成的，过饱者是不大读得懂饥饿的文字的。真正的阅读，可以发生在喧嚣的人海，也可以坐落在冷峻的沙漠，可以在灯红酒绿的闹市，也可以在月影婆娑的海岛。无论周围有多少双眼睛，无论分贝达到怎样的嘈杂，真正的阅读注定孤独。那是一颗心灵对另一颗心灵单独的捶击，那是已经成仙的老爷爷特地为你讲的故事。

为什么不是花生或大米？

Wei Shen Me Bu Shi Hua Sheng Huo Da Mi

第一次听到《豌豆公主》这个故事的时候，便怀疑它的真实性。也许是受了安徒生的鼓励，因为他在故事的结尾说，“这是真的，信不信由你”。很有点欲盖弥彰味道。

通常少年人有一个时期，是怀疑一切的。从自己是不是父母的亲生孩子，到历史上是否存在过一个叫作庄子的人，都连续打问号。

我怀疑豌豆公主的真实性，第一个证据是，豌豆公主能爬得上那么高的床铺么？她是坐着直升机上的床，还是一架起重机把她吊上去的呢？记得在这个童话里，可是千真万确地写着：老国王为了判断来的女孩是不是一个真正的公主，在寝室的床上，先埋伏下了一粒豌豆，然后在上面铺了二十床被子，然后又铺了二十个羽毛垫子……啊呀呀，不得了，想想看，床板上如此这般地摞起来，将是一个多么高耸和滑溜的被窝啊！就算豌豆公主是一个业余攀岩的好手，能爬上这样险峻的被子山，可她睡在上面，踏实得了吗？若是一不小心，做个好梦或是噩梦，手舞足蹈起来，那就一定会从高高的羽毛垛上栽下来，即使不摔个残疾，落下轻微的脑震荡恐怕是没跑的了。羽绒枕头是油光水滑的，大伙一定深有体会。被子旁边肯定是没有栏杆的（要是有，那得多高啊？），整夜睡在这样危险的地方，真够提心吊胆的。

所以，我的第二条怀疑应运而出，那就是豌豆公主是被豌豆硌得睡不着觉，还是被这个奇怪的被窝吓坏了呢？我考虑再三，觉得起码这种奇特的方式，让人无法安眠是排除不了的。可以设想，这女孩实在睡不着觉的半夜，起来整理和研究这个古怪的床铺的时候，偶然发现了被子底下的秘密，也是很有可能的啊。

我的第三条怀疑是——豌豆公主的历史究竟如何？她从哪里来的

呢？她是在一个打雷下雨的恶劣天气，像个丐帮一样，可怜兮兮地敲开城门。她的爸爸呢？她的妈妈呢？她的卫士呢？一概都没有。她遭遇了怎样的变故和风波？我想，她一定不是像串亲戚一样当天离开家的，因为从童话中老国王看她的惊奇眼神，就可以推测她大致是衣衫褴褛披头散发的。那么，她在流浪的时候，发生了什么事情？起码当天晚上暴风雨打在她头上的每一束水珠，那力度和重量，都不会比一颗豌豆更温和。

我的这三条疑问并非空穴来风吧？它们就像铁蚕豆，一出手，就把豌豆公主的豌豆击得满地乱转了。

后来，我渐渐地长大了，豌豆公主被我忘到脑后。我读了很多医书，成了一名临床医生。一天，我碰到了一个被开水烫伤的男孩，只有 3 岁，由于爸爸妈妈的不小心，他的一条腿跌到开水锅里。皮肤溃落，筋脉裸露，惨不忍睹。我尽了一个医生的全部勇气和耐心，抢救这个孩子，后来，他终于从死亡线上逃脱出来，生命被保住了，但每天给他新生的创面换药，让我惊心动魄。孩子皮肤非常娇嫩，稍有碰撞，就会鲜血淋淋……我屏气静心，极其轻巧地操作着，好像面对最细致的玫瑰花蕊。

我突然想到了豌豆公主，我一下子明白了安徒生藏在这个故事当中的“核”是什么。那就是——婴孩和儿童，是多么柔嫩和宝贵的啊！成人们要尽一切的心力来周到地爱护体贴他们，不能用自己粗糙的皮肤来想当然地替代他们绸缎般细腻的感觉，更不能像那疏忽的父母，灼伤了孩子。儿童是如珠如宝的天使。

安徒生为什么写这样一个有点神秘的豌豆公主呢？想来他也是暗设机关。若写一个农夫或是铁匠的孩子，大家就会说，不信不信，他们才没有这般精致敏感呢！人们就会在嬉笑中轻淡了这个严肃的主题。安徒生写了一个公主，人们就会想，呵，在良好优越的条件下，原来孩子是可以有这样洞察秋毫的能力啊。我们可不要疏忽了他们，千万要善待啊。

《豌豆公主》是一篇很短的童话，每个读过它的人，却难以忘怀。岁月越久，可咀嚼的滋味越浓厚。安徒生巧妙的想象也令人叹服。为什么不写棉被底下藏着一颗花生或是一粒大米呢？恐怕前一种太软而后一种又太碎了。豌豆，不大不小，滴溜溜圆，真是刚刚好的。难怪在故事的结尾，安徒生说这颗豌豆被保存在博物馆里了，它是有这个资格的。

丘吉尔教我绘画

Qiu Ji Er Jiao Wo Hui Hua

温斯顿·丘吉尔作为 1953 年诺贝尔文学奖的获得者，我最喜欢的是他的一篇散文——《我与绘画的缘分》。

文章的第一句话就吸引了我——“年过 40 而从未握过画笔，老把绘画视作神秘莫测之事。”老丘吉尔实事求是地坦露心迹，使我感到亲切。

我总是把是否使人亲切当作一件很重要的事，这证明我实在是个平凡的人。但这个世界上多的是平凡人，少的是伟人。能够听一个伟人说平常的话，不知为什么，就更多一份感动。

人们要说同某件事的缘分，多从遥远的童年讲起。每逢看到这种回忆的时候，我就不由自主地微笑。这笑容并不完全是善意，因为我怀疑他们的记忆已在多年的沉淀中变质。

老丘吉尔的坦率（起码我相信在这件事上他说的是真话），使我饶有兴趣地往下看文章。以前我常常忍着心中的不快，读一些在气氛上使自己不喜欢的东西，以为自有一份神秘埋在深处，有一种甘当读书苦行僧的修炼意志。随着年龄渐长，我的耐心被腐蚀了，变得越来越不善于忍受。一旦我在某人的文章中嗅出矫情与做作，即掉头离去再不勉强自己。

老丘吉尔在绘画这个神奇的领域里，大开了眼界。他很希望别人也能体验到这一番快乐，就眉飞色舞地不厌其烦地讲述那些在专业绘画人员看来不屑一顾的常识。比如“油画颜料比水彩颜料更好”“调色刀可以一下子就把一个上午的心血从画布上铲除干净”……

我在这些近似天真的话语里看到了老丘吉尔得意的神色。我想，他是一定听别人讲过类似的诀窍，但是他忘了。或者他没忘，但觉得这不是自己的亲身感受，于是不予在意。只有经过自己肆意舞动画笔，才深刻地体察了这些教条的可爱，忍不住再说一遍。他这一说，就说出了和别人不同的味道。他写了第一次绘画时人对画布的恐惧，然后是一种征服调色板的快意。他写了对光的神秘的感悟，对美术高手的倾慕，绘画对于旅游的调剂，甚至说到了在绘画的案台前和在教堂里站立时的不同感觉……

这些渗透了幽默的话语，令人会心一笑。最后兴致陶陶的老丘吉尔简直像个颜料商似的，赤膊跳出来说："买一盒颜料，尝试一下吧……惠而不费，独立自主，能得到新的精神食粮和锻炼，在每个平凡的景色中都能享有一种额外的兴味，使每个空闲的钟点都很充实，都是一次充满了销魂荡魄般发现的无休止的航行……"这真像是广告词，幸而老丘吉尔没有说出某种颜料的具体牌号，才使人确信他襟怀坦荡。

读了老丘吉尔的这篇大作之后，我想在我一生的某个时候，我可能要拿起画笔，试着画点什么。我得说是老丘吉尔鼓励了我这样做，是他教我画画的。当然他绝不是一个好的画师，也许我孤陋寡闻，不知他有何传世的画品留下。即使有，我想也不是因了画技的高超，而是沾了几重的名气。但他鼓励了我，一篇好的文学作品可以鼓舞人，不仅是在宏大的观念上，有时也会在一件极小的事情上。

我常常在文学作品中寻找处境这种东西，或者简言之是一种状态。大到对宇宙的看法，小到对一枚绣针的观察。当我得知在这个世界上很远的地方，有一个人会和我有一种共识的时候，心灵就模模糊糊但是毫不迟疑地暖和起来。当我打开一部书的时候，我会有一种朦胧的自己的心被他人诉说的期望。假如我的这种期望始终得不到满足，我就会合上这本书，并对别人说：它不好看。

也不可把自己实践画画的起因全归结于老丘吉尔。他只是一个触媒，最原始的愿望早已结成蛹，潜藏在暗处。当我写作的时候，面前常会出现一个场景或是朦胧的颜色，我想要是能把它凝固下来，起码对我个人是有益处的，在创作中断之后看一眼，就可迅速进入氛围……

（这只是我的想象，实践起来不知会是怎样）。

假如没有老丘吉尔，这个想法就会永久地冬眠。看了他的这篇散文，在某个阳光明媚的早晨或是狂风大作的夜晚，也许我会拿起画笔一试。

只是我用的可能是老丘吉尔所不屑的水彩颜料，而不是他所说的油画颜料。我喜欢水彩稀薄的美丽。

发现维生素

Fa Xian Wei Sheng Su

我当医学生的时候，听过这样一个故事。人们把许多种已知的养料混合在一起，喂小白鼠。刚开始，小白鼠长得很好，人们心中窃喜，以为科学已经掌握了所有生命必需的养料。没想到过了一段时间之后，小白鼠就蔫了，没精打采的。再过几天，情况更糟了。如果不赶紧抢救，简直就有生命危险了。人们就加用各种天然食物喂小白鼠，最后发现浸过米糠的水最有效，小白鼠喝了之后，精神抖擞恢复了青春。后来，人们在米糠水里找到了大名鼎鼎的维生素 B_1。

好的文学作品就像维生素一样，好的童话更是富含维生素的橘子和凤梨。没有它们，我们只掌握数学语文化学物理等等知识，在一段时间内，也可以谈笑风生，显出运筹帷幄的样子，但是，当我们缓缓走过一生，特别是经历风雨、跋涉险阻、遭遇坎坷、境遇艰难之时，就会缺少一种强韧的内力。阅读名著，会使我们的心灵变得更开阔更芬芳。它们不是长篇累牍的说教而是沁人心脾的透析，它们不是枯燥无味的教条而是幽默风趣的聊天，它们不是耳提面命的训导而是月朗星稀的悄悄话，它们不是把你的思绪当成它们的跑马场，而是朋友般的促膝谈心直到永远……

今天晚上就开始阅读好的童话吧，如同一杯浓浓的果汁流入心田。

书话两题

Shu Hua Liang Ti

书的彩翼和电视的跛足

书的领地是越来越小了，最主要的竞争者是电视。自从十八世纪印刷术兴盛以来，书籍曾经像恐龙一样，统治着所有求知人的时间。现在它遭遇到了凶猛的挑战，露出颓势。

电视像一条巨蚕，吞噬了我们的每一个夜晚和星期天的白昼，让我们在麻醉般的舒适中，离真正的知识越来越远。

读书也叫“看书”，其实除了极小的孩子和过去的私塾，没有人会把书上的字一个个真正“读”出来。看书和看电视共享一个“看”字，好像它们是兄弟。但这实在是一个冤案，细细比较起来，这两个“看”，是大不一样的。

看书的时候，我们用眼睛快速扫描纸上的黑字，将它们稳定地连缀起来，在大脑中编织成一个有明确意义的句子，然后乘着想象的小舟，抵达那些字句所指引的彼岸。所以，读书实际上是一条长长的链子，用眼光抚摸字迹，只是最初的环节，后面还有漫长的思维飞翔的旅程。在这充满未知与寻找的探索中，我们拣到先人遗传给我们的智慧之珠。

如果单单满足于眼睛扫描的过程，那就是蹩脚的复印机。人眼其实是不如机器的，复印机可以片刻之后就将看到的景象纹丝不差地复制出来，最好的人眼也到不了这般精细。

所以读书的过程实际上是“想”书，是思索和记忆的体操。重在领略自己所未知的东西，把自己的知识之网修补得更加缜密，使它能够覆盖更辽阔的水面，捕获更多的鱼。

电视的“看”，就要简单纯粹得多了。你可以趴着、躺着看，你可以吃着瓜子喝着茶水看，你可以一边聊天一边看……总之要比看书舒适得多。但万事一舒适，事情就可能起变化。什么叫舒适呢？就是人的各处感官处于一种松弛涣散的状态，而不是积极努力紧张有序地工作。是一种被动地接受而不是主动地汲取。

寻找知识是一种寻找力量的过程。它是和安逸闲散格格不入的，所以看书是乘着彩翼飞翔，而看电视只是跛足地蹒跚。

当然电视也是传播知识的，而且它披着声光色的外衣，美丽而炫目，使我们不由自主地沉湎其中。

但电视的知识和书本的知识是大不一样的。朋友，你可要警惕！

看书的时候，我们是书的主人。是我们选择书，而不是书选择我们。这个选择有双重的涵义——哪本书适合我？哪些章节适合我？

我们每个人都是与众不同的个体，我们知识的结构和兴趣的焦点都是独具特色的。这就决定了看书是一个非常独立的个体化劳动，绝没有千篇一律的药方。对我们已知的部分，可以快速浏览。对我们未知的部分，可以反复研读。不喜欢的部分可以一跃而过，或者干脆一目十行，书一定低眉俯首，绝不反抗。过于急切地想得知结尾，可以把书页翻得哗哗作响，一个跟头翻到最后一行，书也不会露出嘲讽的微笑……

书是我们庄严的老师，也是我们顺从的奴仆。你可以在任何时间打开它，让它为你服务，它都勤勉地服从你的指示。你可以随时中断，它不发一句牢骚。你可以随时重新开始，它肯定既往不咎。无论你重复多少次，书都不会厌烦。对于你不喜欢的书，可以毫不客气地打入冷宫。它默默侍立角落，等待你何时再召它服务或是永远地沉寂，它都无怨无悔。

和书的好脾气相比，电视就是暴君。只要你打开旋钮，就沦陷于它的指掌。它何时映出什么节目，是早在十天半月前就规划好的，绝不以你的意志为转移。越是优秀的节目，穿插的广告越是斩不尽杀不绝，使欣赏的过程被无数化妆品和补药烈酒所浸泡。精彩的片段如白驹过隙，除了自备录像机，你休想再睹。冗长的噱头折磨得你筋疲力尽，可是你只有无助地等待，以为后面埋藏着电光石火的灵感，但多数夜晚你都带着昏昏然的大脑和受骗上当的感觉失望入睡。

电视是一种大众文化的快餐，适宜消遣，而不适宜快速准确广博地掌握知识。所以有志于用人类最优秀的智慧武装头脑的人们，让我们远离喧嚣的电视，珍爱无言的书籍。

择书秘诀

Ze Shu Mi Jue

小时，送一位得病的同学回家。因为天晚，我赶不回住宿的学校，就住在她家的书房。她老爹是搞音乐的，我睡的沙发被顶天的书柜包围着，里面都是有关音乐的书，黑暗中像壁立的石崖。在我以为音乐书就是简谱歌本的心里，引起大震惊。

后来我结识了一位学化学的朋友，才知道这世界上有关化学的书，可以拉几个火车皮。

再以后，我到了一家搞经济和金属的公司，对于他们汗牛充栋的经济和冶炼金属的书，已是见怪不怪了。

世上的行业越分越细，有关的书就越来越多。古代的诗人说“读万卷书”的时候，全世界的书的总量，大约还是能够统计出来的（当然要有耐心）。现今讯息爆炸，书的总量肯定是一个天文数字，再也没有人敢去计算了。

面对着恒河沙数一般的书，怎么读呢？

朱光潜先生说过；“任何一种学问的书籍现在都可以装满一个图书馆，其中真正绝对不可不读的著作，往往不过数十部甚至数部。”怎么在这浩瀚的书中，找出那些最优秀最值得一读最对自己脾气的书呢？

对于以前的书，我们好歹还有时间这只公正的胳膊可以依傍，风起云涌的新书，更令我们双眼迷离。万般无奈之下，总结出几点择书的诀窍，平日是绝不敢对别人谈的，恐遭人批判。今日斗胆写在这里。

一是不看最新的书。

最新的不一定是最好的。我不愿做第一个吃螃蟹的人，心地很是自私。愿自家在暗处躲着，看别的英勇的人们去吃，然后注意地听其中的有智之士的言语。待人家说好，这才找了来看，颇有投机革命的意味。好处是可以节省自己的时间，避免无谓的消耗。坏处是当别人津津乐道某一部书坛新秀时，自己丈二和尚摸不着头脑，一派混沌。议论时，若是那一瞬诚实心理占上风，就鼓足勇气说自己还没有读过。虚荣占上风时，就哼哼哈哈地敷衍几点从他处拾得的牙慧，遮掩自己的落伍。

二是不相信报纸杂志上的书评。

这招虽恶，然也是积攒了许多汗的教训才得来的。早先是信的，且不是一般的信，真是信得忠心耿耿，听人说了哪本书好，千方百计地买了来。但很失了几次望之后，就渐渐狡猾起来。见于贿买书评的消息时有所闻；出版社为招徕读者，也常作自吹自擂的游戏；朋友间的友情出演也是屡见不鲜……凡此种种，我都可理解，报以一笑。如今的文人不容易，出一本书不容易，希望闹出些声响也是情理中的事。但既已知了路数，要我仔细去看那背景叵测的评论，终是心有余力不足了。这种“打击一大片”的狭隘观点，弊病自是不用讲了，我冤屈了不计其数的好评论，晚看了不计其数的好书，也是罪有应得的下场。

三是在自家心中列了一个秘不传人的黑名单。

无论中国外国，有一些人的书，我是一定不读的。有一些人的文章，我是一定不看的。这并不是依了某种政治或是艺术的神圣标准，只是自己的癖好。也不是从一开始就这般决绝，最少需看过他三次，才肯下这打入冷宫的狠心。我对任何一种第一次接触的风格或领域，都格外认真，仿佛对待一块挖自深山的宝玉，是慎之又慎。倘若不喜欢，一定是责怪自己的浅薄，无法理解其中的微言大义。第二次读时，就换一个更舒适的姿势，寻一个更安宁的时间，酝酿一个更清明的心境。倘还不热爱，第三次就需正襟危坐，殚精竭虑如履薄冰地皱着眉咬着牙地思索着读下去……但事不过三。假若最后还是看不懂，不喜欢，我一边咒骂着自己的弱智，一边痛下决心，含泪同这位旷世的奇才告别。除非将来谁告诉我，这位天才发生了翻天覆地的变化，我才有胆量重试一遭读他的书。一般情形下，那黑名单是终身制的。

这法子的恶果真是太硕大了，我同多少俊杰交而复失！然伤感之余，想到人读书的口味也和那个爱得溃疡的胃有些相似，某些食品虽是公认的好，比如辣椒，但自己不喜欢，也没法受纳。

说了这许多“不读”的清规，那自家根据什么来选“读”的篇目呢？说来惭愧，遵循的是古老极了手工极了简陋极了迟钝极了的土方子。这就是有学识有肝胆不媚俗不功利的师长与朋友的口口相授。

倘他们说某一本书值得一读，便是踏破铁鞋也要寻到。

再有就是独自在书海乱翻。拣到一本，先像化验游泳池水是否清洁一般，任意取几个样——把书翻开，随便读几段。然后再看结尾，我以为一个好的结尾比开头更说明作者思维深度和控制的力度。最后再装作无意其实非常认真地看一眼价格（即使对于图书馆的书，我也会看）……

凭的是冥冥之中与某本书的缘分。

金丝雪片

Jin Si Xue Pian

我看书喜欢明亮。装修新家的时候，先生主张在书房里悬挂一盏美丽的吊灯，书桌旁再辅以台灯或是地灯。我知道他是好意，但不合我心。我说，书房里完全没有必要装饰繁复的灯具，既花钱又不实用。你一定要买，我就弃权，因为不想为这小事而争执一番。如果你承认这间书房的使用权归我，尊重我的意见的话，请放弃吊灯。屋顶天花板上，仅装一盏功率强大的吸顶灯，发出雪一样白炽的光，照亮书柜中每一本书脊上的书名。至于我的写字台和电脑桌，由我自己来挑选台灯。式样不求，极普通即可，亮度却需狠，铺出一派灿烂的碎银，映照视野。

先生就笑了，说照你这要求配备起来，书房里的照明大约有几百瓦了。听听你对光线的这份渴求，好像你已经垂垂老矣，患上了重度的白内障。

我也纳闷起来，按说我的视力还不错，可以连续看几个小时的书而不觉疲劳，何以对光线这般挑剔？思来想去，终于掘出了久远的理由。

那时我年轻，在西藏当兵。大雪封山的日子，漫长的时光使人分不清是远古还是现代。我把周围所有人的书都借了来，从书页中间被老鼠咬出了贯通伤的“聊斋”到色彩斑斓的色盲普查表，一一细细研读。我喜欢穿着绒衣绒裤外套棉衣棉裤，脚蹬大头毡鞋，中午时分暖暖和和地坐在旷野中（从宿舍推门走出，十步之外就是荒原了），在高原的阳光下读书。稀薄的空气最大限度地保存了阳光锐利的金色，照射到书页上，平凡的纸张化作了金箔，在山风的呼啸中闪动着诡异的光泽。书是有限的，我读得很慢很慢，生怕读完了再无书看。那些字经过阳光长久的烘烤，微微地热辣，纸面上流动起了雾霭般的岚气。

一些笔画变粗了，像树根的须毛扎入纸内。另有一些笔画纤细得如同折断，好似支撑不起整个字体的重量，字就恍惚着，变成喝醉了酒的单腿精灵。

老医生走过来用手遮住书说，你这样读下去，会得雪盲。我说，雪盲不是看雪才会得的吗？我看的是书啊。老医生说，高原阳光下的纸片如同雪花，莹白反光，长时间的注视，会灼伤你双眼的视网膜。我知道他说得不错，那些舞蹈着的字就是明证了。我只好恋恋不舍地把椅子搬回宿舍，在幽暗的石头砌起的屋内重新读书。复读那一瞬，书上的字都变长了，成为翠绿。

我依然喜欢在无人干涉的时候，到旷野中读书。我喜欢逼着书中的人物，比如《聊斋》中的狐狸精在阳光下出没，有一种古今相搏的快感。我喜欢那种微醺于阳光和书页的双重迷醉，好像非如此便不得其中的真谛。也记得保护自己的眼睛，读得累了，会啪地落下眼皮，像展开一床柔软的被，盖住我被阳光烤软的瞳孔。微仰着脸，眼前的世界变得像旗帜一般鲜红，甚至可以看清一个个鲜艳的血球，熙熙攘攘地走向拱桥一般的虹膜……

先生尊重了我的选择，书房被节能灯映照得雪洞一般。可惜再亮的灯光也无法比拟高原的太阳，往日由金丝和雪片的经纬织起的书锦，只存下褴褛的丝絛。

Chapter •

贰

病中读书谱

Bing Zhong Du Shu Pu

病床是一个独立的区域：那里的居民和平时的我们有着少许但是不可忽视的变化。

虚弱了。平日能站着或是坐着读书的身体，现在只有横在那儿，像遗在轨道外面的枕木。卧姿读书的最大特点是——随时都可昏昏入睡？这就对书的选择和要求苛刻起来，好像虚弱的脾胃，渴求营养但又要挑柔软好吃的食物。

脾气变坏，严重到不肯姑息和格外暴躁，原先对书中的毛病，凡非尖锐硬伤，比如错别字和无聊的噱头，包括作者的某种虚荣和愚蠢，都可散淡处之，但自身的种种不适，尖锐地降低了对书中不良倾向的容忍标杆。病使我们血气方刚，不再原谅，不再敦厚，不再费厄泼赖。怒火中烧的后果是把一些平日尚可接受的书永远打入了冷宫。

病增敏感。平日忙碌粗糙，书读得很快，不敢说一目十行，瞟它三四行总是有的。疾患销蚀了灵巧，动作徐缓，仿佛太空人。擎书的艰难和翻页的迟钝，令书上的字迹深深定格脑幕，好像元宵节悬挂过久的灯谜，被人忘了取下。于是所有经不起推敲的细节和词语、矫饰与虚伪，都在太长的注视下露出破绽。被人愚弄的焦躁，如同酵母般膨胀。幸好敏感的刃是双重的，剥夺的同时也有赠予。令人清醒的情景和美好的人物，因了这份平日疏远的细致，空前地放大了，活泼生猛，给病榻上的我们带来感动和生机。

病使耐性衰减。平时很能忍，前一百页书不好看，不精彩，兴趣并无大的顿挫。我们记得好戏还在后面，包子有肉不在褶上……一系列稍安勿躁的常识，说服自己绰绰有余。但病魔在摧残体力的同时，顺手牵羊带走了耐心。疾病使人清晰地听到了生命之钟的倒计时，不愿把宝贵的光阴和药物抵御病痛换来的片刻安宁，给予啰唆乏味离题千里的卖弄者。就算他在厚厚的面团中潜藏了些许肉丁，急躁的病人也等不及了，弃它远行。

于是病中的阅读，就成了一项比女人挑选时装更啰唆的工程。

太紧张激烈的书不读。心脏和神经在白色帷幕重重包围中，如惊弓之鸟易受招惹。为了长治久安，还是徐徐图之为好。

太晦涩的书不读。病中的迟钝大约有目共睹。四处弥漫的消毒水气息，处心积虑和灰色的理论相克，当你一思索，它就放烟雾。

我相信“场”的力量，医院是一个让人弱智的地方。

阴暗丑恶的书不读。这种书，平日也不愿读，但读书也像神农尝百草似的，并不能完全以自己的口感定夺，阅读是写作的一部分。病床上，我给自己放个暑假。那些糟糕的又不可不读的书，留给身手矫健意气风发的时辰对付吧。

太缠绵悱恻的书不读。臆造的美丽故事，带着人世间的夸张虚幻，惹得病中之人发笑。病使情感识别系统高速旋转，那些琐碎的卿卿我我，铁屑一样令眼球不适。也许是离死亡近了，看爱情就更纯正永恒。大的爱也如大的死一般，是宽广和柔软的，云雾似的包容天地。

除了以上这些禁忌，还有格外的技术性挑剔。比如精装书不能读，华美外壳，难以卷折，双臂悬空，不一会儿手酸胳膊麻。开本太大的杂志不能读，侧卧在床，无法长久地保持固定姿势，巨如案板的面积，使掌握稳定的阅读距离变得艰难。太沉重的大部头著作不能读，理由不言自明，概因不是抓举运动员。太肮脏残破的书不乐意读，日日消毒打针滋生出洁癖，觉得旧页上爬满病菌。这最后一条纯属心理障碍，但有什么办法呢？人以病为豁免，时有不讲理，健硕的人只好不与之一般见识。

前一段我有幸获得这种特权，除了被重重管子套牢在监护室的日子，病床上终日以书为伴。这也不喜读，那也不爱看，家人最后烦起来，说这样吧，给你带些童话来吧。于是，童话来了。它们款款地融进医院森严的白色，在温暖的阳光里蒲公英般降落，轻淡的，柔软的，温和的，善良的。阅读它们，就像赤脚走在埋着金沙的河滩，恬淡地踱着，无意中会捡到一颗钻石。数不清的童话就像洁白的羽绒，安宁地掩盖着薄脆的灵魂，伴随它平稳地渡过玄关。

也许每个人都有自己病中的阅读谱，就像食谱的流质半流质一样，对自己羸弱了的神经需要补充和增力。不知道童话是否对他人有益？出院后，朋友教我一招黑鱼炖山药，说是补血补气，一试，果然有效。于是不揣冒昧地将自己病中的读书谱写出来，不敢比黑鱼炖山药的浓郁，就相当于侉炖鲫鱼瓜子的清汤吧。

Chapter 叁

•

文字，
可把微尘
舞出光芒

人只要活着，

就生活在体验的海洋里，

无以逃遁。

文学是古老而求新颖的行当，

当感受时代的

新痛苦、新欢乐。

与寂寞相伴

Yu Ji Mo Xiang Ban

我最初写小说的时候，不知道什么是小说。我只是想把我知道的一件事，讲给朋友们听。当然我要力求把这个故事讲得好听，要能吸引人，感动人。情节要曲折，语言要优美，最好能有引人深思的地方……我给自己提出的这个要求，是我平日读小说时对小说的期待。我理所当然地要求自己，尽可能地向这个标准靠拢。

写作是孤独的事业，宛若在幽深的原始林莽中砍伐出一条小路。你只知道大概的方向。那条路怎样蜿蜒曲折，谁也说不清，没有一个人可以商量。最可怕的是你可以随时折回去。没人逼你，没人检查你，没人约束你。你有写的自由，你更有不写的自由。

写作中最难战胜的敌人是自己的懈怠。这包括意志的懈怠艺术的懈怠。我常常懈怠，我也常常同自己的懈怠做斗争。

我写作，是因为我爱好。爱因斯坦说过：爱好是最好的老师。

每一篇小说的写作过程都是从“零”开始。写作和运动员比赛不同，它被冥冥之中的规律操纵。有时我们竭尽全力，却并不出色。有时偶然拈来，却出奇制胜。一名优秀的运动员，假如他跳过了 2 米，下次就只会在这上下不远的距离内波动。但写作却不然。你这一篇写得好，下篇却可能相当糟。我们需要不停地磨炼自己的思想意志和艺术触觉，这个过程孤独而艰苦。没有人能帮助你，你的亲人你的老师对你再好，也爱莫能助。你只有依靠自己的手和自己的脑，坚韧不拔地往下走。写作注定是一件寂寞的事情，既然我选择了它，就无怨无悔。

现在小说的轰动效应已经一去不复返。小说的轰动曾经是那么辉煌，万众争看同一本著作，大家激动不已议论纷纷。那已成为历史。那种轰动是一种不正常，现在的宁静才是正常。这种水波不兴的平和对我们的创作提出更新的要求。文学回到它应该在的位置上，这是好事。

人们越来越急躁，作家应该越来越冷静。物质生活越丰富，作家就越应关注精神的家园。写作的人应该有精品意识，而不应只满足于制造快餐。现代生活节奏这么快，人们步履匆匆。快餐需不需要？绝对需要。人们渴望知道别人的心灵，要在茫茫人海中寻找温馨的知音和切近的哲理。这就是为什么周末版卖得那么火，为什么散文随笔类小品文日见升温。我绝没有鄙薄的意思，快餐中也有精品，比如肯德基就风靡世界。但快餐绝不是全部，饮食文化中还要有八大菜系满汉全席。这是鸿篇巨制，需要屏气凝神仔细操作，需要博采众长精益求精。我相信特级厨师一定能做好盒饭，但只能做盒饭的可做不成烤鸭。把小说写好是需要真功夫的。

小说也要创新。我经常很仔细地读那些读得懂的现代派小说。读不懂的就不读了，何必让自己受罪呢？但那些优秀的机智的别开生面的现代派小说，我是很喜欢的。这就好比我们都喜欢西装，它是古典的而且是经典的，我相信它永远不会过时。但美妙的时装也打动人的心弦。中国人一贯以对称为美。刚看到不对称图案的服装，比如说一只袖子镶一块红，另一只上镶一块黑，就不习惯。但看下去也有另一种美感，活跃的跳动的昂奋的动态美。我想这就是形式的革新给我们的启示。我很尊重那些作艺术探索的人们。走得太快的往往不为大众接受，但他们是勇敢的。

现代中国的小说渐渐地与世界融通。我们的经济、政治与世界的联系越来越紧，我们的文学也是这样。假如我们了解一个国家，它的国民生产总值等数字固然是极重要的，但对一般人来讲，它们太抽象太缺少感性体验了。我们提起沙皇俄国，脑子里涌现的是契诃夫、托尔斯泰笔下的人物和景色，我认为那就是实实在在的俄罗斯。马克思曾说巴尔扎克所提供的法国社会的情况超过一切经济学家社会学家所能提供的总和，毛泽东曾说不读《红楼梦》就不能真正了解中国的封建社会，我想指的都是这个意思。外国人了解中国，很大一部分也是通过我们的文学作品。我们没有理由妄自菲薄。

至于文人下海，这是个热门话题。我不喜欢“下海”这个提法，觉得它带着痞气，像青洪帮的“切口”。但大家都在用，约定俗成了。我不知下海对于作家来讲，是否就是指“文人经商”。这个提法很含糊，文人假若经商，就不是文人，而是商人。我并不敢鄙薄商人，但也没到崇拜他们的地步。我认为真正的文人是不能经商的。世上有些事可以相得益彰，但有些事不能。比如搞体操和搞相扑，对身体素质的要求就绝不相同。做商人和做文人，对心理素质的要求也有很大的差异。商人谈判要云山雾罩，不能一开始就把实底兜出来。文人则对人需真诚坦率有赤子之心。这两件事同时做，心灵就在两极之中震荡摇摆。我想两件事都需用全力去做，都能做出上乘业绩的人，要算超人。我不知道有哪些杰出的文豪，比如巴尔扎克、雨果或普鲁斯特，同时也是大商人的。

文人面临选择，这是千真万确的。你愿意换个行当试试自己的能力，这没什么不好，但也算不上特别好。你能先富起来，这自然不错。但别人的坐标系假如并不以钱为圆点，大家也就井水不犯河水了。有一位朋友对我说，他挺奇怪，文人基本上是比较穷的。但北京有鲁迅故居、郭沫若故居、老舍故居，怎么就没有给哪个大商人留个故居的？我说，盛唐乃中国古代国力鼎盛的时期，但至今人们提起盛唐，想到的是李白杜甫。那时候肯定不乏百万级千万级的富翁，但历史已将他们湮灭。

我不下海，因为没那个愿望也没那个能力。我以为商人不过是将物质财富在地球上转移来转移去。文人则应创造出属于整个人类的精神精品。在这个创造过程中，寂寞（或许还有贫穷）与他终生相伴。

嫁给笔

Jia Gei Bi

喂，请找毕淑敏。

我是。您好。请问您是哪位？

我是北京作家协会。文联在长城饭店举行换笔大会，邀您参加，务请拨冗出席。

只听说过换房大会，没听说过换笔大会，这是怎么一回事？

就是请您带上自己写作用的笔，到了那里，看中了哪一家的电脑，把笔扔下，抱上电脑走就是了。故曰“换笔”。

天下还有这样的事吗？

不过，您可要给厂家找钱啊。

找多少？

不多。（笑声）也就是七八千吧！

放下电话，心中充满好奇。

假若你矢志写作，终生就嫁给了一支笔。铅笔、钢笔、圆珠笔……用过的笔，一支支续起来，高过一座大厦。

笔是友人，也是仇人。时时写得手指酸痛，便用风湿膏布包绑起来。别人见了问：你是否得了类风湿？伏案长了，脖子像扒鸡似的窝在胸前，夜里都不愿用枕头，平平的，像书签似的躺着，以舒展总是麦穗一样沉重的头。

到一位老作家家去，见书桌上矗了一块绘图板，倾斜呈四十五度角，仿佛一面姜黄色的帆。板下冰雪似的垒着文稿。

不能总趴在桌上，你才三十几岁，还要写很多年。总趴下去，要得颈椎病、腰椎病……他说。

椎骨如同鱼刺，贯穿我们的全身。我当时还好笑，我是用手写字，又不是用椎骨写字。但椎骨很快就作出答复：医院拍片说我有骨质增生。

你是做什么工作的，这么年轻就……医生问。

我没有回答她。我总是羞于对别人说——我是作家——因为我写得不好。

除了吃医生开的、广告里喋喋不休教诲我的“颈复康”，我对先生说，请你为我做一块写字板。

板立起来了，我每天规规矩矩地坐在它面前，好像一个循规蹈矩的描图员。

在板上写字，有一种新奇的感觉：每个字都贴在峭壁上，向下滑动。

十万字写完，颈椎果然没有那种烧鸡式的疼痛，那疼痛转到右臂，仿佛打了几联预防针，坠重而麻木。

保颈还是保臂，你必须抉择。

听说很多人用了电脑。从理论上讲，我知道那是一个好东西。但并不是所有的好东西都堪入口。比如羊肉，我在新疆西藏待了十几年，始终吃不得。我很笨，而且不温柔，我不知道是否有足够的涵养学会那玩意儿。几次蠢蠢欲动，几次又偃旗息鼓。

脱下牛仔装和旅游鞋，换上正规的西裤皮鞋。不是长城饭店令我郑重，而是希冀卖电脑的如若衣帽取人，能够对我较为和颜悦色，授我一套天机，使我也能尝尝高科技一杯羹。

进展示厅。红地毯、象牙般光滑的机身、鬼魅般跳荡的数字……输入小姐像鸡啄米似的敲打键盘，令我自惭形秽，不敢上前。

我很笨，小脑不发达，走路都有可能顺拐。你们有没有为笨人准备的机器，比如相机里的傻瓜。

我对厂家讲。

怎么能说您笨？如果人们不会使不愿使我们的机器和方法，只能说是我们笨。

我这个笨人受宠若惊。

有许多种机器，许多种方法，各庄的地道都有许多高招。

当过医生，我知道治疗某种疾病的药物越多，越说明它是一个难题，尚无特效。假如尽善尽美，便不必群起而攻之。

计算机的更新换代令人瞠目结舌，一位厂家推荐我买高档的“386”，说以后可以留给孩子用。我对他说，只怕到孩子长大时，世界已充满“886”。

该为自己买一部电脑了。

白驹过隙，人哪里抵得了自然的永恒？我看自己掌上的生命线，它很短很短。不管是否准确，生命业已立秋。虽说秋后尚有一伏，已感到暗暗的凉意自脚底腾起。想到老想到死，并不悲哀，在那个冷而明亮的世界里，住着我的父亲，如能早日见到他，自有一番欢欣。

只是他要问我又写了几部作品，我会愧悳不堪。

挑挑拣拣，看见台湾产的“蒙恬中文笔”。

一块像信笺大的板，一支像羽毛笔的棍。用笔在板上写出手写的字，与之相连的计算机屏就出现了印刷体的字。

我用电脑就是为了甩掉笔。怎么这里又给了我一支笔，而且这笔比派克重，这板比稿纸涩。

我不解。

电脑不过是笔的延续。不是所有人都能学会操纵键盘，蒙恬中文笔可以使所有会用笔的人，都能享受计算机带来的便利，为你誊正，为你修改……海峡那一岸的商人，睿智而合情理地说。

为什么要叫蒙恬呢？我只知道蒙恬是秦国的一员大将，击匈奴、筑长城，战功赫赫。很小便读过关于他的故事，那时将“蒙恬”念成了“蒙括”。

蒙恬也改良过笔。以枯木为管，鹿毛为柱，羊毛为被……台湾人侃侃而谈，蒙恬实为文武双全的统帅。

呵，电脑不是机，实为一支笔。即使有一天换了笔，开始敲击键盘，也只是在使用另一形式的笔。

笔是换不掉的，只因这一生嫁给了笔。

孤独的时候，寂寞的时候，兴奋的时候，悲哀的时候，都会想到笔。笔是召之即来来之能战的亲人，笔是忠贞不贰永不叛离的朋友。笔可以简陋到一根草枝，只要手下有一片洁净的沙。笔可以在黑暗中盲写，只要心中充满光明。哪怕整个世界都抛弃了你，笔也像狗一样紧紧跟随。

笔是凝固剂，将头脑中雾一样纷乱的思绪固定下来，使它们不再四处漂泊。笔是梳子，流淌的文字像黑发挂川而下，不再芜杂有如鸦巢。笔是雕刀，在迷茫的汉字山峦中，寻觅能凿智慧之窗的水晶玛瑙。笔是筛网，让寡淡的水无声无息淌去，只留下色彩斑斓的锦鳞……

嫁给笔，是一种选择，更是一种命运。时光在这种厮守中渐渐消磨，诞育出一个叫作铅字的孩子。

笔给我甚多，从无所求。

笔不断更新，永远年轻。

笔是不会老的，笔是不会死的。作为一家子，便没有了对伴侣离去的忧虑。

老夫老妻常说，谁死在前头，谁是一种幸福。

与笔结缘，我便终生不再恐惧。

Chapter •
叁

回答海浪

Hui Da Hai Lang

1994 年的盛夏，我和母亲漫步在北戴河的海滨。父亲逝去的悲哀缠绕在我们的心里。为了怕对方难过，面对苍茫的大海和翩飞的鸥鸟，我们什么都不说。但我们都感觉到悲怆的存在，一如海潮退后礁石的狞厉。

应河北教育出版社之邀，女作家们在商量“红罂粟”丛书的出版事宜。当我们开会的时候，母亲就一个人到海边散步或是枯坐。我每天都把丛书的事情说给母亲听，我料想她不会感兴趣。但在这样一个安静的地方，可供谈话的资料很少，我只好不断地提到红罂粟。

突然有一天，母亲很严肃地对我说，你现在是不是还有东西可写？

我说，是啊。我有时觉得自己像一个火山湖，咕嘟咕嘟地冒着黏稠的气泡，许多念头在那里躁动不安。

母亲说，那好，你现在就写好了。她的表情很庄重，好像在批准一项重大工程。

母亲又说，假如你有一天不能写了，不要强拗着写下去，就回去当医生吧。我看过太多的不好看的作品，你最后千万可别走到这一步，人家会骂你的。

母亲讲到这些话的时候，海水恰好卷起一个大浪，用泡沫在金色的海岸上拍出一个雪白的符号，应和母亲对我的训示。

我郑重地对母亲说，您的话我一定铭记在心。

许多人问过我，你为什么写作？我总是说为了我的父母欣喜。

我常常看到人们闻听之后的失望神色。是的，这真是一个太不响亮的写作理由，以至我在最初回答时羞于出口。

但对我来说，确实是这样。真实有时简陋得可怕。

我的父母亲希望我成为一个作家，一个好作家。作家这行业如今也像其他诸行一样，有了好和坏的分野。在很久以前，作家似乎都是好的，比如人们说作家是人类灵魂的工程师时，并没有特地强调只有“好作家”才对得起这顶桂冠。现在连小孩子也知道，街上有些书是坏作家写的。

做一个好的作家，就像做一个好的手艺人一样，挺难。

如今，在社会的环境、人生的机遇和个人的天赋种种限制之下，作家还要有面对诱惑与喧嚣的沉稳定力。

语言是一种比玉石还要坚硬比煤渣还要普通比豆腐还要软比草莓还要新鲜的材料，要在这上面雕出图案来，非得屏气凝神惨淡经营不可，容不得些微游移。

每个人写作的原始动力是不一样的。不断地写作是旷日持久的马拉松，动力在奔跑中消耗，并无以补充。它甚至比体力的衰减更易于被作家本人察觉，引起无以逃遁的焦虑和恐惧。许多文学大师在人们还以为他宝刀不老的时候断然辞世，我想这可能也是一个原因。大师们已然领悟，对于宇宙来说，个体的这一种形态到那一种形态的转变，实在是无足轻重的事情。既然在这个世界里无能为力，就到另一个世界里重打鼓另开张了。

有一个朋友对我说，你挺努力啊。

我说，在父母的教诲下，我从小习惯了做每一件事都努力，我不知道不努力做事将是怎样。好比是扫地吧，已习惯于把地扫得干干净净。假如要不努力地扫地，就需在扫地的过程中不断地提醒自己说：遗下这个角落不要管它，对这张碎纸装看不见……一不留神失于告诫，自己就又会把地扫得洁净无尘。

这真是无可改变的轨道。

我不会不努力，只有努力得不够或是不得法的时候。

但写作不是扫地，你可能尽了所有的努力仍写不出好作品。我现在还在努力的过程中，结果尚在未知。假如到了黔驴技穷的那一天，就听妈妈的话，干别的去。

当下一排海浪席卷过来，在沙滩上拍打出另一个永不重复的符号时，我正告自己记住北戴河的这个夏天，记住自己许下的这个决心。

走不出白衣

Zou Bu Chu Bai Yi

我常常觉得写小说和写随笔的我，不是一个人。

这当然是不可能的。但不同的心情可能造成不同的文字，比如水蒸气升腾入天，翻手为云，覆手为雨，虽然本质都是水。

在我斗志昂扬的时候，多写小说。它使我没有节约感地使用文字，仿佛一个富豪挥洒他的金钱一般，几乎不考虑篇幅的问题，只管依着自己的脉络写下去。写随笔则不然，有一种深深的控制感笼罩额头，使你不由自主地要在最少的篇幅里说最多的意思。

一次我同诗人舒婷谈论起写作的问题。我说，诗是用骨髓写的，散文是用血写的，小说是用汗水写的，电视剧是用茶水写的。舒婷听了大笑，说你这是在恭维我们诗人。我说不是恭维。我一生从未写过诗，始终对诗怀有深深的敬意和轻微的惧意。

但是，随笔是什么呢？

在聊天的那一刻，我没有想到随笔。现在想到了，却琢磨不出一个形象的比喻称呼它。当然从广义来说，它属于散文的一部分。

挖空心思打一个蹩脚的比方，随笔就算血液中的白细胞吧。当初我在部队医院当化验员的时候，最喜欢看显微镜下的白细胞了。

它是血液中最勇敢最机动的部分，富有战斗性，而且长得很漂亮。不像红细胞那样板着脸，死气沉沉。也不像血小板那样呆头呆脑，支离破碎的模样。它精神抖擞，骁勇异常，哪里有炎症就扑向哪里，迂回包抄，围追堵截，战术甚是多变。

这个比喻冷僻了些，而且带着浓浓的医院来苏水气味，一般人可能会不习惯。多年的医学生涯，使我总是用医生的眼光看世界。

比如看一个人的容貌，我的第一个感觉不是他好看难看，而是他是否健康。我不大相信人的自述表白，更相信客观的科学检查。甚至对自己，也用这套尺度。要是觉得浑身发冷，并不会马上就宣布——我发烧了，而是不声不响地去找一只体温表，量了体温再下判断。

我不知道这是好还是不好，是冷静还是冷漠，只知道我已无法改变。二十二年的医学实践将我浸染，无论走到哪里，都会被别人识别出医生的特征。

我把自己的第一本随笔集，起名为《走出白衣》。飘荡的白衣裹去了我整个青年时代和中年的一部分，告别白衣的时候，悲痛欲绝。然而还是要告别，还是要走出。之所以做出这个决定，仍是出于一种基本的医疗道德。试想您白天到医院看病的时候，愿意找一位夜里正在炮制长篇小说的医生就诊吗？

我害怕面对生命的任何一点疏漏和怠慢。

我知道这种属于每个人只有一次的东西多么易碎。

于是要求自己永远以一种医生的拳拳之心写作。若从这一点说，也许我终生走不出白衣。

医生提笔

Yi Sheng Ti Bi

一日开游艺会猜灯谜，我去晚了。偌大的房间里原本悬着许多铁丝，铁丝上原本垂着许多彩条，彩条上原本写着许多谜语……像一座硕果累累的菜园。只是此刻已被捷足先登者将纸条扯去，空留五彩纸蒂在铁线上飘荡。偶尔也有孑遗的纸条，我断定它们必是无人敢碰的坚果，便也躲得远远。

“那个和医生有关，你不试试吗？”朋友揪着我就走。

我做过二十年医生。就像在一间老房子里住过了半辈子，一听到和它有关的消息，心就漾起特别的情意。

仰头，短发插进脖领。那则谜语挂得很高，粉红纸，潇潇洒洒的墨字。“医生提笔——打一科学术语。”

我探手一挽，粉红纸飘带掠在臂弯。我牵着它，向领奖台走去。

牵出一段记忆。

“你们都很年轻。但你们从此有了一个无比神圣的权力——这就是医生的处方权——处置病人开方取药的权力。现在，发给你们每人一张纸，各自把签名留在上面。不要刻意求工，也不要故作老练。你平日怎么写顺手就怎么写，但不要连笔太过，笔走龙蛇。病人认不得，药房认不得，时间长了，只怕你们自己也认不得了。各位的亲笔签字，将在药局备档。此后，司药见了你们的药方，就照方抓药了。记住，小伙子小姑娘们，从今以后，病人性命维系于此，你们笔下千钧！”

鬓发苍苍的老医生对我们一伙新医生说。像一棵结了竹米的老竹开导刚拱出地皮的笋子。

开处方是医生最主要的操作之一，犹如家庭主妇的烹炸煎炒。

处方纸有各式各样的。中医的比较大，西医的相对小些。通常印有医疗机构的名称，还有像户口登记簿似的栏目，例如年龄性别住址等。这使它有一种文件般的庄严。

我喜欢那种洁白如雪半透明却很柔韧的处方笺。它像一张上好的宣纸，能激起医生画家般的创作美感。当然，医生真正的技艺要来自博大的知识和广袤的爱心。但处方是将医家的智慧，运至病家的彼岸的不懈的小船。那船该是坚固而美丽的。

以前的中医开方子多是用毛笔。很规矩的墨字落在鹅黄的毛边纸上，像一朵朵黑色的花。西医惯用的是蘸水笔，大约是从西方的鹅毛笔演化来的。为什么不用钢笔呢？因为病人是一个个来，笔帽一会打开一会合上，太繁琐了。再者诊室里人来人往，钢笔万一碰到了地上，或是被人牵走，既心疼又影响工作。

处方上的字一般并不很多，笔蘸上一次水至多两次，也就写完了。缺点是墨水瓶总敞着盖，蒸发大，多渣滓沉淀。写下的字忽淡忽浓，像间歇的喷泉，不过也使字迹有了一种书法的韵味。最糟糕的是墨水突然汹涌地淌下来，一滴蓝色的眼泪汪在纸上，好不晦气。这时候，爱好整洁的医生就得换纸了。

使蘸水笔还有一个大灾难就是墨水瓶突然翻了。浅矮的瓶子里插着颀长的笔，像胖萝卜顶着一缕璎珞，极不稳当。白衣袖子不小心钩住了，那瓶儿就缓缓地倾倒，浓而艳的墨水像粥似的漫延开来，再沉静的医生也要手忙脚乱一气了。

为防这事故，瓶里只装薄薄的一层墨水，刚刚润上半截笔尖，这时写出的字最流畅，有种一气呵成的美丽。更有巧手的女医生，取扁而结实的药盒，雕一个洞，把瓶儿栽进去，仿佛轻巧的蜡烛有了凝重的烛台，再不会随意颠覆了。医生冷静的诊台上，添了一份小小的创造。

写处方的笔，后来改成了圆珠笔。方便，但是极容易丢。我不敢说是病人有意拿走，但他们有时为了记一个注意事项，比如何时复诊、化验的正常值等，就抓起笔在手掌心上留言——他们是绝不敢用钢笔的——之后就随手把笔放在别处了。待到医生用时找不到笔，就像绣女丢了针，官人离了印，那一份慌张，那一份焦虑，常人难体验。

也有应对的办法。医生用的笔多价廉。笔杆是细竹子或是极轻薄的塑料壳，丢了也不可惜。其实也不能光赖别人。医生读书的时候，笔就夹在书里了。医生在路上被病人拦住开方，笔就揣在白衣口袋里了。医生给病人做检查，笔就搁到诊断床上了……一个医生，最少要预备上三支笔，才可以随时随地都有武器。

医生的笔用得费。总到公家那里去领笔，就不好意思。于是就自己制“笔”。取一支圆珠笔芯，用纸紧紧缠起，在桌面上滚一滚，纸就像糯米面一样把笔芯裹紧了。这时再用胶布把边粘牢，洁白纤细的笔就制得了。简单易行，又不爱丢。只是这笔用起来不舒服，硌手指头，甚至把指肚嵌出浅槽。又容易脏，好似一支打了石膏的污浊断腿，与医生洁净的天性不符。

医生处方上的字往往十分难认，仿佛一纸天书。行外的人多以为这是一种炫耀，是故意不叫人读懂的密码。这话也有些道理，但依我做医生的体会，主要是医生对这些药名太熟悉了。他们几千次几万次地书写它们，便很容易偷工减料，很容易点到为止。医生的下一道工序是药房，处方最主要的读者是司药。司药熟悉每位医生的签名，就像老师认识学生的作业。他们飞快地照方抓药，面对着龙飞凤舞的笔迹并无踌躇。是司药们姑息了医生，放纵了医生，医生就日复一日地描画只有他们才懂的符号了。

一个医生一生要写多少处方啊！摞起来该有几层楼高，铺起来该有足球场大！

处方像一根风筝线，一头系着病人的安危，一头系着医生的胆识。

在无风的日子里，它不在意地翻飞着。在狂风呼啸的时候，它坚韧地牵住生命的希望。

处方像一条阿拉伯魔毯。它雪片似的飞着，覆盖住病痛的荒野，托举来康复的远景。

处方像观音菩萨的净瓶，洒出甘露，收服病魔。有句俗话叫“病来如山倒，病去如抽丝”，处方就是剥茧抽丝的能手，把病渐渐地融化了。

处方是祛除病邪的咒语。当医生的思索凝固成处方上的文字的时候，病魔就在病人的体内发出惊悸的叹息。

处方是医生智慧的物化，处方是医生经验的结晶，处方是医生交给病人的救生艇，处方是医生屠戮病魔的斧头。

每一次书写处方，都要苦苦思索。病人像一个无助的婴儿，等待我的援助。我觉得自己在这一瞬间，是上帝是真主是佛祖——是人类一切美好希冀的化身。手中简陋的笔像铁杵一样重。我要把一种对于生命的信念，重新注入面前这具已经破损的人体当中去，我因此而神圣起来……

我也有手起笔落的时候。未及病家说完，处方早已一挥而就。病人对这样的医生，多有微词。我自知这给人以不礼貌的刺伤，是该禁绝的。这多发生于病人拥挤的时候。您对我说：头痛发烧咳嗽流涕……

病痛对每一个病人都新鲜如带露的韭菜。我理解而充满同情地注视着您，但我要坦白地对您说，像您这样的病人，今日从早到晚，我已看过了几十……疾病也像蝗虫，成群结队而来。疾病也像谣言，会以飞快的速度一传十，十传百……

我年轻的时候，常常这般冷落了病人。随着年龄渐长，终于知道在处方之外，还有一味珍贵的药物叫作“人心”。我学会了静如秋水地听人陈述病情，虽然我早就知道了您是什么病。我聚精会神地听您描述痛苦，虽然我已定下给您吃什么药……我会亲切地蹙起眉头，仔细地询问连您都忽视了的细节，我会注视着您的眼睛，看着您黑色的瞳孔里映出我白色的衣衫……这不单单是一种关切一种尊重，而是一种极端的谨慎。要知道我面对的是世界上最易碎的珍品——鲜活的生命，容不得万分之一的差池。况且倾听痛苦，本身就是疗法。听说国外就专有人以此为生。

处方像块磨刀石，把医生的燥气磨掉，把医生的年龄磨厚。

每个病人就诊，医生都要为他做一份记录，写一篇处方。几处相加，足要写几十字。每天少说也有好几十个病人，便要写上千的字。每个月就有几万字。一年下来，就是几十万字了。一个几十年医龄的老医生，起码写过几百万字的处方了。这是一部医家的长篇小说。早就想同人说说医生。不希图理解，只是想说。这个世界上，不理解的事多，理解的事少。叶儿不理解花，才有姹紫嫣红。花儿不理解果，才有五谷丰登。太理解了，如同瑞雪抹平了大地，就单调了。

医生躲在处方后面，理解医生的人就少。医生好像也不需要人们的理解，经历的生生死死太多，有些话就不必说了。因为淤积的苦痛太多，医生便冷漠。因为对死亡无能为力，医生便凄凉。因为明知不可为而为之，医生便悲壮。因为经年累月地用处方同疾病交谈，医生有时就恍恍惚惚地觉得自己也成了人世间的一张处方……

那雪白的笺纸上写着“爱人”。

我和朋友走到主持人身旁，告诉他谜底。

“医生提笔——开方。”

“对吗？”我轻声问。

主持人给了我一张奖券。我用这奖券领了一个红气球。那圆滚滚的红气球像健康的心脏蓬勃跳跃着，在欢快的人们头顶上方。

炼蜜为丸

Lian Mi Wei Wan

新体验是旧体验树上新绽开的花。

我做过许多年的医生，自以为已经熟谙了死亡。当我躺到临终关怀医院凹陷的病床上时，才发现我还远远不懂死亡。

国人重生不重死。好死不如赖活着。或轻于鸿毛或重于泰山是古人传下来的真理，被伟人用语录加以固定，好像生死只有这两极。

绝大多数的人，死得如同鹅卵石，他们是泰山的一部分，却不会飞到天上去。不轻也不重。

我早就想描绘这部分人的死，因为我也在这一类。

感谢《北京文学》。他们的动议像引信，使我的写作欲望爆炸起来，于是有了许多寒风凛冽中的采访，有了许多北京街头的踯躅，有了许多促膝谈心的温馨，有了许多深夜敲击电脑的疲倦……我径直走进将逝者最后的心灵，观察人生完结的瞬间。那真是对神经猛烈的敲击，以至于我怀疑面纱是否不要撩起？一位六十岁的生物教授得知我的写作计划说，我不要看你的这篇小说，不要看！我不想谈论死亡。

我不知持她这意见的是人群的全部还是个别。也许是因为我还年轻，死亡距离我还远，所以谈起来还有些勇气，少年不知死滋味。

那更要赶快谈了。人到了畏惧死亡的那一天，死亡可就真真同我们摩肩接踵。

还有那些陪伴将逝者的善良人们，我深深地为他们所感动。感动在某些人眼中，似乎是一种低级体验，却是我写作时持久的源泉。唯有感动了我的人和事，我才会以血为墨写下去，否则便不如罢笔。这感动是有严格界限的，对个人尤为苛刻。我会经常为一些私事苦恼，但它可以纠缠我，却不会感动我。或者说我尽量不让那些只属于个人的悲哀蒙住我的双眼。个人的情感只有同人类共同的精神相通时，我以为它才有资格进入创作视野，否则只不过是隐私。

在这篇名为《预约死亡》的小说里，没有通常的故事和人，只有一些故事的片段像浮冰漂动着。除了贯穿始终的那个“我”，基本上是我的思维脉络，其他为虚拟。一位朋友说，你跑了那么多次，录了那么多音，做了那么多的笔记，看了那么多的书，甚至躺在死过无数人的病床上……我告诉你，你身上一定沾了死人的碎屑。在付出了这么许多以后，你却写小说。小说没有这么写的，小说不是这么写的。写小说用不着这么难。

但我这篇小说就是这么写的，在付出了和一个报告文学家不敢说超过起码可以说相仿的劳动之后，我用它们做了一篇小说。我在书案前重听濒危者的叹息，不是为了写出那个老人操劳的一生，只是为了让自己进入一种氛围。故事是经过提炼的，氛围绝对真实。我把许多真实的故事砸烂，像捣药的兔子一样，操作不停。我最后制出一颗药丸，它和所有的草药茎叶都不相同，但毫无疑义，它是它们的儿子。

至于它是它们的精华还是它们的糟粕，那在于我提炼的手艺好孬，与我的主张无关。

体验不可以嫁接，但能够生长。

中药里有一句术语，叫作“炼蜜为丸”。意为用上等蜂蜜作为黏合剂，使药料紧结为一体，润滑光泽，黑亮美丽。新体验小说光有情感体验我以为是不够的，或者说这体验里不仅包括了感觉的真谛，更需涵盖思想的真谛。真正的小说家应该也必须是思想家，只不过他们的思想是用优美的故事、栩栩如生的人物、跌宕起伏的情节、缜密的神经颤动、精彩的语言包装过的，犹如一发发糖衣炮弹。

他们不是有意这样做的。有意这样做的，叫作哲学家。

我在临终关怀医院采访的时候，泪水许多次潸然而下。我不是一个爱哭的女人，但悲哀像盐水浸泡着我；当我写作的时候，我已经超然，是死亡教会了我勇敢，教会了我快乐，教会了我珍惜生命，教会了我热爱老人。当然我以前也不是没有这些优良的想法，它们像空的气球皮，瘪在心灵的角落。临终关怀医院像气筒把它们充得膨胀起来，飘扬在天空。

我希望我的笔将我的念头传达出来，尽可能地不失真。

人只要活着，就生活在体验的海洋里，无以逃遁。

文学是古老而求新韵的行当，当感受时代的新痛苦、新欢乐。

瀑布灯

Pu Bu Deng

灯，是人类向太阳偷学的本领。苍茫黑夜中，星座是天上的灯，寥寂旷野中，灯火是温暖的家。礼花是开在长空的灯，眼睛是镶嵌在脸上的灯。

不知何时，街上有了瀑布灯。嘈杂、紊乱、倦慵的街，便从愚胖的蛹儿变成了灵动的萤火虫，璀璨地飞翔起来。

你无法找出比瀑布更妥帖的词，来形容这种晶莹剔透的小灯。一盏灯就是一粒银色的水滴，它们成千上万地聚集在一起，从高渺的天空倾泻而下，荡漾起如水的光波。庞大的灯群婚纱一般笼罩着巍峨的广厦，仿佛传说中的水晶宫。人在这光的栅栏下行走，便感到拢不住的欢快像野草一样从光的缝隙探出头来。

瀑布灯并不嫌贫爱富。小店的门脸、深巷的酒家，也可觅到它的踪影。因为小，便缺了磅礴，多了亲昵，柔曼的几藤，披散于屋脊之周，错错落落地亮着，仿佛一树金黄的杏子，仿佛塔檐下无风时的铜铃。

瀑布灯把夜勾勒得像童话中的古堡，白天它们是什么样子？太阳下，它们是否依旧美丽？这个疑问却许久没能找到答案。每日天光下在街上走，街上有许多瀑布灯，按说这不是什么难事情，但总是忘了寻找它们，有一天，下定决心要了这夙愿，便一路默念着瀑布灯的名字，仿佛小时候拎着瓶子，不停嘟囔着酱油和醋。

终于走到一座华美建筑前。入夜后它的光瀑之瑰丽，仿佛大自然中的黄果树。在最初的一刹那，我居然没有找到瀑布灯，好像它是聊斋中美丽的狐仙，白日里便销声匿迹了。待仔仔细细巡视后，我才找到昼间的瀑布灯。

真后悔这一番苦心的寻觅！

白日里的瀑布灯，是由一些灰色的线和黯淡的瓶形小泡组成。像枯黄委顿筋脉毕露濒临凋零的一张黄叶，像缀了蚊蝇又遭风雨萧瑟颤抖的一幅蛛网……

好叫人失望的太阳下的瀑布灯！

于是，总想为瀑布灯写点什么。

可到底写点什么呢？

文章要讲究立意的，文章要讲究出奇的，文章要因小见大，文章要隽永深刻……

小小的瀑布灯，你将荷载怎样的微言大义，从如墨的夜空中降落？

写瀑布灯的谦逊吧。它是镶在夜间的珍珠，白日便收敛了光华，具有朴实而温和的品格……

不妥不妥。这个角度已写得太滥。

换一种思维换一个方向。

写瀑布灯的虚荣吧。它见不得阳光，昼伏夜出，好像某种猥琐的小动物。千万不要被它夜里的妖娆所迷惑，你想真正认识它，请到阳光下……

不妥更不妥。对于曾给我带来无数美妙遐想的瀑布灯，这无疑是一种极大的不公。

我凝视白纸，一只看不见的瀑布灯，也从那里凝望着我。

凝视使人疲倦，于是便渐渐淡忘。

然而一到夜晚，瀑布灯依然美轮美奂地闪烁着，让人们持久地惊叹这光的造化。一到白昼，它们就像候鸟一样地飞走了，无声无息。

突然有一天，我深切地感受到了自己的愚蠢：瀑布灯就是瀑布灯，为什么一定要在它小瓶子似的灯光里塞进太阳的思想？把一切都赋予意义，多么劳累！把正常的自然景象涂抹上强烈的人文色彩，在普通的事物中蕴藉进过多的哲理，把许多简单的东西搅拌成复杂，在清水中反复淘漉那并不存在的黄金……

这是一种思维的赘物。

瀑布灯不知道这些，也不理睬这些。它夜里睁着，白日熄着，眨着一只同人类不同作息时间的怪眼。

瀑布灯只是瀑布灯。夜晚美丽，白日黯然。美丽的时候，你可细细观赏；黯然的时候，你观赏那更美丽的街景就是了。

没有墙壁的工作间

Mei You Qiang Bi De Gong Zuo Jian

自从我用了电脑，写作时就从卧室迁徙到门厅。

那地方实在是对不起“厅”这个儒雅的称呼，只有 4.5 平方米大，没有窗户，白天进来第一个动作也是拉灯绳，否则一不小心撞到电脑桌犄角上，那高度恰与人的腰眼齐平，会使你像被点了穴似的。四堵墙壁上开着 5 个门（大、小卧室，厨房，厕所和通往楼梯的屋门），环顾时只见门框不见墙壁，好像自己身在古驿站的小亭子里。

家中的格局原是这样的：儿子自上了高中，强烈地要求自由与独立，只好分他一个神圣不可侵犯的小屋。母亲患病，与我同住。卧室里摆着我的桌子，先生打地铺。

用笔写作的时候，逢我打夜班，众人也还相安无事。我只需把报纸卷成筒，遮蔽了灯光，就皆大欢喜了。换了电脑，那“嗒嗒”的击键声，在子夜的静谧中竟像奔马一般响亮。

先生坐起来，惺忪着眼对我说，刚做了一个梦……

我正忙着构思小说中一段优美的风景，敷衍他说，人都是有梦的……

先生说，这个梦里你变成了李侠。

我问，李侠是谁？

先生说，就是电影《永不消逝的电波》里的主人公。

我说，谢谢你，在梦中封我一回英雄。

一直伴睡的母亲说，你每夜这样不停地敲打，总让我想起特务……

我知道触了众怒，第二天便独自把电脑搬到黑暗的走廊，先生和母亲于心大不忍，一个劲地向我道歉，请我搬回去。但我执意不给他们以改过的机会，坚持坐在有 5 个门的工作间里写作，赐名“五洞斋”。

这实在是一个有许多妙处的地方。

不管白天晚上都要开着灯，很利于保持一种创作环境的连贯与稳定。

夜深人静写作时，再没有了愧对家人的自责。就算他们在梦中屏气倾听，击键声的袅袅余音，轻淡得也如同催眠的冷雨了。

在四周黑暗的氛围中工作，眼前一盏孤灯，常常使我有一种旧时挖煤的苦力的感觉。一个人在幽深的巷道里匍匐着前行，手足并用，寻找着埋藏的光明。那过程辛苦而危险，然而一旦负煤而出，满面尘灰地点燃跳动的火焰，心就温暖起来了。

在没有墙壁的房间里工作，唯一的坏处是——谁都可以参观你的劳动果实，而无须请示批准。此地为家中交通枢纽，无论就餐还是方便，都必得从我坐的椅子后面挤过去，实有一夫当关，万夫莫开之险。但令人防不胜防的是儿子，抱着肘，毫不掩饰批判的目光，炯炯地注视着流水线上我的半成品，时而惋惜地点评一句：这一段文字啰唆了一些，似可减减肥……

我初而愕然，渐渐就忿忿然了。我说，一只蚕吐丝的时候，是不愿意被人盯着看的。卫生间的门都是有插销的。

轮到他大诧异，说，写出来的东西不就是要给人看的吗？难道你写的见不得人？

真是哭笑不得。

一天，我的左肩痛得抬不起来。到医院里看，医生诊断是受了风寒，并很有经验地说你工作的地方，左侧是不是有一扇窗？我嘻嘻地笑起来，说那地方任何方向都没有一扇窗。医生说，那一定是有一扇门。我说，那地方所有的方向都有门。

医生没有说准，讪讪地给我开了一大包芬必得。

晚上我仔细地研究包围我和电脑的门。左侧的门是正对着楼道的，有利如箭镞的冷风嗖嗖射来，是所有的门中最险恶的一扇。

我对先生叫苦。

先生说，斋主，还是返回故居吧。如果你坚持在八面来风的“五洞斋”里写作，终有一天所有的关节都会痛起来。

我说，甭吓唬人。求你给我做个棉门帘吧，要又厚又大的那种，当下一个冬天来临的时候。

Chapter

肆

女子，

可以微弱，

但要有光

对女人来说，

如果你有一份挚爱倾心的工作，

你就为自己

植下了一株

神秘的花朵。

女也怕

Nü Ye Pa

若干年前，某机构邀请我做一场辩论赛的评委兼点评，我看了题目——女性你喜欢干得好还是嫁得好？没敢接下这份信任。因为我向往是鱼与熊掌一锅烩，不矛盾啊。时下流行的观念好像干得好了，嫁人的危险指数就升高了。若是嫁得好，似乎就把自己给出卖了，活得不够硬气……

命题本身似有矛盾之处。为什么就不访问一下男人们：你是期望干得好还是娶得好？估计所有男士都会毫不犹豫地回答——那还用问！

想必每个女性，都期望自己既干得好，也力争嫁得好，这才双赢。干吗平白无故地把干与嫁对立起来啊？这不是自己和自己过不去吗？

从那以后留了心，才发现，干和嫁这两件事，好像捆绑式火箭，常常成双成对出现。比如一句流传很广的古话：男怕入错行，女怕嫁错郎。

行当这件事，是社会进步的表现之一。远古时代的行当简单，除了打猎就是放牧。至于在山顶洞里看着篝火以保留火种和用兽骨磨根骨针缝块遮羞布这样的活，估计和今日的家务劳动不记入国民生产总值差不多，属于隐形经济，是不能算行当的。以后诸事发展了，行当渐渐多起来，出现了占卜师和舞蹈家，还有部落酋长……想来这些人就是以后的研究员、艺术家、政治家的雏形。

近代，行当以几何倍数增长。据说美国的职业大典，已经收入了1.7 万种职业。世界好像一张花毯，被各式各样的职业尼龙绳，织得如此不透风，让人惊惧。虽然从理论上讲，男人能做的事，女人也都能做，但不管行业如何地多，女性普遍所能从事的行业，还是比男人要少些。我认识一位杰出的妇产科医生，就是男性。我说，为什么连妇产科这样的领域，也请你坐了头把交椅？他说，因为我从来不会得我所医治的这些病，比如难产和子宫肌瘤，所以，我就格外地用心。

女人所能从事的事业较之男性为少，女性就更怕入错行了。对女人来说，“行”是什么？是一双吃饭的筷子，是一袭柔软的金甲，是一道曲折幽冷的雨巷，是一副飞跃雪野的滑板……入对了行，成功的把握就大；入错了行，事倍功半也许是零。让一个擅举重的运动员，练了体操，必蹉跎岁月一事无成。

这事也能反过来看。查查事业成功的人士，究竟有什么特点呢？

在美国，有一位研究人员，做了长期的跟踪调查，得出了优秀人士的四大基本特征。

第一条是：通常是男人居多。第二条是：通常是结过婚的。第三条是：通常离婚的比例比较低。第四条也就是最重要的一点是：通常没有共同点。（这一条查得很周到，比如说他们的身高、体重、籍贯、受教育的程度、性格、品德等等，都不相同。）四个通常。我看到这个结果之后，愣了一会儿就嘻嘻笑起来。我相信它是有道理的，也相信这个研究人员辛苦了若干年，得到的常识没什么用。

那么，选择行当的依据是什么呢？研究表明，对职业最持久和最深远的影响力，来自我们的兴趣。爱因斯坦说过，爱好是我们最好的老师。

对女人来说，如果你有一份挚爱倾心的工作，你就为自己植下了一株神秘的花朵。它妖娆生长，持久地散发出魅力的香氛，熏炙着你的每一个日子，使它们从黯淡的岁月中凸显出来，变得如此不同寻常。

你爱一个人，那个人可以背叛你。你爱一只狗，那只狗虽然不会背叛，可是它会老去。唯有你爱一桩事业，它是奔腾不息的。你付出的是青春，它回报你的是惊喜。你可以消失，但你在你的事业中永恒。当我们阅读着一部经典的作品，当我们注视着一座伟大建筑的遗骸，当我们摩挲着一个古瓷小碗，当我们在星斗的照射下，缅怀人类所有的探索和成就时，我们就是在检阅事业的花名册了。

当女性选择行当的时候，比较少地考虑自己的爱好，更多考虑的是安全和收入，这是历史也是现实。这是生活所迫也是发展的羁绊。

女性的温饱解决之后，工作就日益成为尊严和自我价值体现的最主要杠杆。

发的断想

Fa De Duan Xiang

“头发长，心眼短”是形容女人的一句俗话，总觉得这话没道理。头发为什么同心眼成反比？

但头发的确是性别的象征。少时我在喜马拉雅山、冈底斯山和喀喇昆仑山三山交会处的高原当兵，男人多，女人少。我们常年裹在绒绒的棉衣里，纵是用直尺去量，也绝无曲线。唯一可在轮廓上昭示出男女的是头发，为了消弭男人的遐想，领导要求我们把所有的头发都藏进军帽。刘海自然是一根也不留，少女光亮的额头如同广场一般洁净。颈后的碎发却很麻烦，我的发际低，需把头发狠狠地拎起，茅草一样塞进军帽，帽檐因此翘得很高，像喇叭花昂然向上。每晚脱下军帽都要搓揉许久：头发像遭了强烈的惊吓，隆起一片栗疹。那时候有一个梦：让头发晒晒太阳。

有一种液体叫“海鸥”，我至今不知它的成分，但味道独特，难以忘怀。那时探家回北京，归队时总要背几大瓶，关山迢迢，不以为苦。“海鸥”洗过的头发清亮如丝，似乎也没有头皮屑，又好分装。记得一次战友分别，想送她一点小礼物，正琢磨不出哪样东西称心，她说，就送我一瓶“海鸥”水吧，等于送我一头好头发。

第一次用现代的洗发液，是妹妹在包裹中寄到高原的。那是一枚小的鱼形塑料包，包里储着水草绿色的液体。妹妹说那是出国回来的朋友所赠，她舍不得用，又翻越万水千山送我。好长时间舍不得剪开，只有姐妹之情，才有这份细腻与悠长。

如今我们已经有无可胜数的洗发液了。色彩斑斓，清香扑鼻。女人们可以梳各式各样的发式，从最简单的“清汤挂面”到最繁复的“朋克”式，都是私事，无人干涉。女人们的头发便在春天的和风里，尽情晒太阳。

对于一则广告的立意我略有些微词。一个美丽的女孩求职，一切都很顺利。就在要被录用的一瞬间，突然发现了她的头皮屑，于是女孩子像鲜花一样的前程模糊了……

女人的自信心就这样地与头发呈现密不可分的正相关系吗？

男人和女人的头发都会长得很长，例如我们的清朝。世界允许女人留长发，是上天赐给女人的财富，头发使女人显得更妩媚更娇柔，把头发浣洗得亮丽如漆，是女人的功课，源远流长。

然而头发毕竟是头发，女人应该心比发长。

女人与清水，纸张和垃圾

Nü Ren Yu Qing Shui Zhi Zhang He La Ji

纸水牛，你不要帮忙

女人与水是永不枯燥的话题。在我的祖籍山东，有一古老的习俗。哪家的女人死了，在殡葬发送的队伍中，定要扎头肚子大大的纸水牛，伴着女人的灵柩行走。它的功用在于陪女人灵魂上西天的途中，帮她喝水。

风俗说，哪个女人死了，她一生用过的水，都将汇集一处，化作条条大河，波涛翻卷而来，横在女人通往来世的路上，阻她脚步。

假如那女人一辈子耗水不多，就轻轻松松蹚过河，上岸继续西

要一直
奔赴在
热爱里
Self-healing

From:

愿天下女子，如薄荷般洁净自持。

始终相信温暖，相信阳光。

毕淑敏

Nourish yourself into a special flower

在春天第一个绽放，暮春后仍肆意芬芳。

行。但女人好似天生与水有仇，淘汰漂洗，一生中泼洒了无穷无尽的水。平日细水长流地不在乎，死后一算总账，啊呀呀，不得了，水从每个湿淋淋的日历缝隙滴出，汪洋恣肆。好在活人总是有办法的，用纸扎出水牛，横刀跃马地助女人喝水，直喝得水落石出了，女人才涉江款款赶路。如果那是一个生前特别爱洁净特别能祸害水的女人，浊浪排空，十万火急，她的亲人就得加倍经营出一群甚至几群纸牛，匹匹腹大如鼓，排在阵前，代人受过。

初次听到这风俗，我首先是感叹先民对水的尊崇与敬畏。故乡毗邻大海，降雨充沛，并不缺水。但农人依旧把水看得这般崇高，不但生时宝贵，死后也延续着掺杂惧怕的珍爱。

其次便是惊讶在水的定量消费上，性别差异竟如此显著。特地考察一番，那里的男人纵是活时从事再挥霍水的职业——比如屠户（窃以为那是一个需要很多水才能洗清血迹的行当），死后送葬也并不需特扎纸水牛陪伴。只要一夫当关，足可抵挡滔滔水患。

最后是惊讶于我们民族中“糊弄事”的本领泛滥。惯于瞒天瞒地，如今也瞒到了清水衙门身上。且不说一头牛喝水量有限，单是那牛周身用纸，就很令人担忧。只恐它未及吞水，就已成了河边糊里糊涂的纸浆。

细想来，这风俗中也埋着深刻的内涵——在生活用水的耗竭上，女人有着义不容辞的责任。

女人，一生要用掉多少水啊，我们洗，我们涮，我们荡涤污浊，我们擦拭洁净……有哪一个步骤能离开水的摧枯拉朽，鼎力相助？包括女人自身的美丽与清香，水都是最坚实最朴素的地基。水是女人天生和谐的盟友，水是女人与自然纯真的纽带。

多少年来，女人忽视了水，淡漠了水，抛洒了水，轻慢了水。水是宽容温和的，一如既往地善待女人，以致在很长一段时间内，女人以为水至柔无骨，取之不尽用之不竭。终于，水在无穷无尽的消耗中衰减了，倦怠了，纤细了，肮脏了……女人们才从梦中惊醒，听到水渐渐疲弱的叹息。

为什么要靠纸做的水牛帮忙，女人才能横渡生前用水会聚的江河湖泊？假如女人一生节水，每一滴水都用得其所，逝去的女人自会分水之法，平安地从水面飘逝，进入物质不灭的新循环。假如那女人损水无数，缺功少德，又不知悔改，纸水牛，你切不要帮她！让她在自己一生铺张的水中沉没，化作一尾小鱼，从此以自己的生之冷暖，记得水的恩德与重要。

森林首先向谁呼救

纸是一个男人发明的，相传在汉朝。但我顽强地认为，如果今天在世界范围做一调查统计，经过女人手里的纸（主要指一次性应用的纸张，不包括钞票这类反复应用的特殊类型），一定比男人多。

女人一生当中用的纸，由于特殊的生理状况，首先就比男人要多，此乃天意，就不说了。

现在社会，男人多领导，女人多秘书。当官的用头脑，当兵的用手脚，已是不争的事实。令从男人口中出，是飞翔的音波，真正把它在纸上固定下来，昭示众人，多由女人完成这道工序。复印纸、传真纸、打印纸、公文纸……哪一片纸上不是层层叠叠留下女性忙碌的指纹？

女人随身带的面巾纸、桌上摆的餐巾纸、皮包里的卸妆纸、卫生间的卫生纸……女人成天处在纸的铁壁合围之中。

对做了妈妈的女人，更有孩子的纸尿片、纸短裤、纸杯、纸勺、纸盘碟。

街上的女人，拎着纸袋。沉思的女人，书写纸簿。教导孩子的女人，指点着作业本。唱歌的女人，注视着纸乐谱……

还有更重要的——无所不在的报纸，铺天盖地的杂志。女人爱读书，最主要的阅读品种由纸的家族构成。一位北欧的女作家聊天告诉我，经济越发达，读书人里的女性越多。一本书，若是女人不喜爱，几乎绝了任何销路。要知道，女性是一种奇怪的生物，除了减肥药，书籍是她们最大的吞噬物。

这许多例子，足以说明，任何一名生活在现代文明中的女人，用过的纸摞列起来，一定比身体高。

女人“纸张等身”。

所有标榜“百分之百纯木浆”的精品纸张广告，都是树木集体阵亡的讣告。

被纸簇拥的女人啊，你可曾想到：

每一页纸，都是一片树叶的魂灵所化。

每一本书，都是一蓬浓绿的树荫剪裁。

当你用雪白的纸巾拭嘴揩面的时候，“咔嚓”一声响，一根树枝就折断了，一羽黄莺就失却了歌唱的立脚点。

当你用一团团废纸填满纸篓空虚的肠胃时，好像凄风冷雨的突袭，黄叶委地落红飘零，一双温柔素手，会牵来森林肃杀的晚秋。

树是大智若愚的。皓月之下，残存的森林会首先向女人发出呼救的“SOS”。同是汁液饱满，同是青翠欲滴，同是繁育生息，同是庇荫后代，女人啊，你应该更爱惜树木！

爱惜树木便是爱惜女性自身。设想一颗星球，假如全体女人与森林为敌，便是那星球与女人与树木无声的末日。

树木与女性共青春。

女人，你可曾听到森林的呼唤？

哪里是垃圾消失的地方

从小我就喜欢逛垃圾堆，那里有探险的乐趣与宝贝的发现。可惜几十年前的垃圾很贫乏，除了烂菜叶就是飘落的头发，最大的一次收获，是捡到了一尊打碎的雪花石膏像。断臂残肢的每一块都足以和老师的粉笔媲美，在马路上画一幅“飞机房”跳着玩，其清晰度历经暴雨冲刷而不衰。

城市女孩，倒垃圾是必修课。垃圾站是远处一座高高的木阁楼，爬上去，一旋手，满载的簸箕就空了，便可以跳着回家交差了。至于垃圾楼里的货色如何处置，谁知道呢？可能是半夜，被进城的马车拉走了吧？

后来城市渐渐地大了，楼房也改成从垃圾道里走秽物。只要将楼道里的黑锈小铁门挑开，屏住气，“轰隆”一扣，胳膊陡地就轻了。这时要飞快却步抽身，否则片刻之后，从遥远的空道底下传来疲沓的回响和缥缈的恶臭，十分晦气。我住的层高，觉得这措施很便利，但底下的住户时有怨言，说夏季恶味昭彰，赶上雨天，无法及时将垃圾掏走，便有大尾巴蛆爬进厨房。

再后来，垃圾继续改革的步伐是推广袋装。每天从家里包扎出一袋弃物，拎到垃圾车上，万事大吉。直到这时，我才发现一个人每天制造出的垃圾多么惊人。废旧的物资，霉剩的饭菜，撕毁的纸张，残破的用具……袋子大腹便便，包纳百川。也有功能并无损伤的器物，只是因了那式样的落伍和不喜欢，横遭遗弃。

终于有一天，我问自己，哪里是垃圾消失的地方？

小时候，我以为它消失在垃圾楼的黑暗肚子里。

长大了，我以为它消失在垃圾道的穷途末路里。

再后来，我以为它消失在垃圾车行走的笨拙轱辘里。

不要奇怪我的低能。事不关己所以鼠目寸光，冷漠是愚蠢最好的邻居。

我在专门摄制的纪录片里，看到了郊外无边无际的垃圾场。五花八门的废弃物，僵硬地挑战地堆积着压抑着，凹凸不平，好像一座阴冷的泥火山。

我惊骇了，为了这些熟络而陌生的物品。我猜想，假若细细寻找，每个人从小到大脱落的每一根头发，每一颗牙齿，定像铁钉般埋在那里（头发是最不易腐烂的物质，君不见千年古尸发甲犹存），弹拨起来，铮铮作响。随手丢掉的亿万个塑料袋，都如白色旗幡随风飘摇，不知在哭泣谁的魂灵。数不清的一次性饭盒，白骨嶙峋，好似地穴崩塌的墓砖。我们扔掉的所有物品，残兵败将却无一漏网地集合在那里，挤眉弄眼，昭示着人类的浪费与污秽……

我们成功地把垃圾从自己的房屋赶走，驱逐出视野，一厢情愿地以为它永远地消失了。但它们比我们估计的要顽强得多，耐心得多，凶猛得多，残酷得多。它们污染着空气，污染着水源，污染着我们的家园，污染着地球的明天。它们好脾气地等待着，像铺天盖地的铜豌豆，一颗颗集合着力量，哽在我们的咽喉，等着地球癌症大泛滥的日子。

垃圾消失在哪里？你不能把垃圾赶出土地，它们与我们休戚与共。即使流放到了太空，也会成为旋转的肮脏卫星，继续与人类为伍为敌。

垃圾消失的地方，就是让它不再成为垃圾。

把垃圾最大限度地缩小在它尚未诞生的时刻。

母爱的级别

Mu Ai De Ji Bie

有人说，爱是与生俱来的。母爱是我们理解爱的最好的范本和老师。

我以为，错。爱是需要学习，需要钻研，需要切磋，需要反复实践，需要考验，需要总结经验，需要批评帮助，需要阅读需要讨论，需要提高需要顿悟……总之，需要一切手段的打磨和精耕细作的艺术。

与生俱来的只有动物的本能。人的爱，超越了血缘、种族、国界，它辽阔的翅膀抵达宇宙的疆界，这是地球上任何一种动物不可能天然辐射的领域。所以，爱不是如同瞳仁的颜色和身高的尺度，是一串基因决定的先天，而是后天艰苦琢磨的成长之舟。

印度狼孩的故事，是一个动物母爱的典范之作。有时想，假如是一个人类的母亲，得到了一只狼的幼崽，将会怎样？一般情形下，怕是不会用乳汁哺育它长大的吧？这不但说明了母爱是盲目的，还说明如果单纯比较母爱的浓度，也许人还不如一只动物。有人会说，狼长大了，会咬人，谁敢喂它？那么，一只小鼠，就会有人类的母亲用乳汁哺育它吗？答案也基本上是否定的。

母爱并不是爱的高级阶段，因为它不仅仅是人类的一种本能。人类的婴儿接受母爱，是被动和无意识的。在感知的那一方面来讲，母爱首先是物质的，是生存的必要条件。如果没有母亲的乳汁和精心呵护，小婴儿根本就无法生存。所以，母爱的早期阶段是分割界限不清晰的融合，它具有多方面付出的照料性质，高级阶段则升华为分离和精神的构建。世上有许多母亲，可以把属于动物本能的那一部分做得较好，就是可以完成对子女的衣食住行的补给维护，但是对高级部分，就是超越一己、博爱人类——从血缘分离弥散扩展和广博的爱，就未必能及格以至优秀。

我们不时地听到某个母亲，因为孩子的学习成绩不好，竟把自己的亲生孩子殴打致死的事情。这是爱吗？很多人说这不是爱，因为他们本能地拒绝承认这是爱，在他们眼中，爱是纯正和没有任何杂质污染的，包括爱是不能有失误的。但我想说，假使把那位死去的孩子复活，问他或她，你妈妈是否爱你，我想，他和她带着满身伤痕，也会说，妈妈爱……

因为母爱的初级阶段，是如此盲目和自怜自恋的。她很可能不尊重孩子，难以清晰地界定孩子是另一个完整的独立的个体。她把自己的感受和期望，强加在一个与她完全不同的人身上，就会酿成悲剧。这不但是生理上的还有更深的心理上的痕迹。我要说，很多成人的家庭不幸和性格缺憾，追溯起来，都和母爱只停留在地基阶段，未能完成向高级阶段的转化有关。单纯的低级的母爱，是泥沙俱下，糟粕与精华并存的原始状态。

在母爱的高级阶段，母亲是要高屋建瓴地完成与孩子分隔。她高度尊重生命的不同个体之间的差异，帮助一个新的生命，走向灿烂和辉煌。这种境界，即使是一个潜质的优等的母亲，如果不经过修炼和学习，也是不容易天然达标的。如果将它比做一座关键的闸门，我们将忧虑地看到——无数的母亲被隔绝在门的这一边，只有少数优异的母亲，才能跨越这对她们自身也充满挑战的门槛，完成爱的本质的升华。

既然母爱里包含着如此分明和严格的界限，我们有什么理由坚持——母爱就一定是我们接受爱的完善楷模呢？

所以，我宁可说，爱是没有天造地设的老师的，爱又无法无师自通。爱很艰巨，爱要我们在时间中苦苦摸索。

青虫之爱

Qing Chong Zhi Ai

我有一位闺中好友，从小怕虫子。不论什么品种的虫子都怕。披着蓑衣般茸毛的洋辣子，不害羞地裸着体的吊死鬼，一视同仁地怕。甚至连雨后的蚯蚓，也怕。放学的时候，如果恰好刚停了小雨，她就会闭了眼睛，让我牵着她的手，慢慢地在黑镜似的柏油路上走。我说，迈大步！她就乖乖地跨出很远，几乎成了体操动作上的“劈叉”，以成功地躲避正蜿蜒于马路的软体动物。在这种瞬间，我可以感受到她的手指如青蛙腿般弹着，不但冰凉，还有密集的颤抖。

大家不止一次地想法治她这心病，那么大的人了，看到一个小小毛虫，哭天抢地的，多丢人啊！早春一天，男生把飘落的杨花坠，偷偷地夹在她的书页里。待她走进教室，我们都屏气等着那心惊肉跳的一喊，不料什么声响也未曾听到。她翻开书，眼皮一翻，身子一软，就悄无声息地瘫倒在桌子底下了。

从此再不敢锻炼她。

许多年过去，各自都成了家，有了孩子。一天，她到我家中做客，我下厨，她在一旁帮忙。我择青椒的时候，突然从旁钻出一条青虫，胖如蚕豆，背上还长着簇簇黑刺，好一条险恶的虫子。因为事出意外，怕那虫蜇人，我下意识地将半个柿子椒像着了火的手榴弹扔出老远。

待柿子椒停止了滚动，我用杀虫剂将那虫子扑死，才想起酷怕虫的女友，心想刚才她一直目不转睛地和我聊着天，这虫子一定是入了她的眼，未曾听到她惊呼，该不是吓得晕厥过去了吧？

回头寻她，只见她神态自若地看着我，淡淡说，一个小虫，何必如此慌张。

我比刚才看到虫子还愕然地说，啊，你居然不怕虫子了？吃了什么抗过敏药？

女友苦笑说，怕还是怕啊。只是我已经能练得面不改色，一般人绝看不出破绽。刚开始的时候，我就盯着一条蚯蚓看，因为我知道它是益虫，感情上接受起来比较顺畅。再说，蚯蚓是绝对不会咬人的，安全性能较好……这样慢慢举一反三；现在我无论看到有毛没毛的虫子，都可以把惊恐压制在喉咙里。

我说，为了一个小虫子，下这么大的功夫，真有你的。值得吗？

女友很认真地说，值得啊。你知道我为什么怕虫子吗？

我撇撇嘴说，我又不是你妈，怎么会知道啊！

女友拍着我的手说，你可算说到点子上了，怕虫就是和我妈有关。我小的时候，是不怕虫子的。有一次妈妈听到我在外面哭，急忙跑出去一看，我的手背又红又肿，旁边两条大花毛虫正在缓缓爬走。我妈知道我叫虫蜇了，赶紧往我手上抹牙膏，那是老百姓止痒解毒的土法。以后，她只要看到我的身旁有虫子，就大喊大叫地吓唬我……

一来二去的，我就成了条件反射，看到虫子，灵魂出窍。

后来如何好的呢，我追问。依我的医学知识，知道这是将一个刺激反复强化，最后，女友就成了生理学家巴甫洛夫教授的案例，每次看到虫子，就恢复到童年时代的大恐惧中。世上有形形色色的恐惧症，有的人怕高，有的人怕某种颜色，我曾见过一位女士，怕极了飞机起飞的瞬间，不到万不得已，她是绝不搭乘飞机的。一次实在躲不过，上了飞机。系好安全带后，她骇得脸色刷白，飞机开始滑动，她竟号啕痛哭起来……中国古时的“一朝被蛇咬，十年怕井绳”说的也是这回事。只不过杯弓蛇影的起因，有的人记得，有的人已遗忘在潜意识的晦暗中。在普通人看来是微不足道的小事，对当事人来说，痛苦煎熬，治疗起来十分困难。

女友说，后来有人要给我治，说是用“逐步脱敏”的办法。比如先让我看虫子的画片，然后再隔着玻璃观察虫子，最后直接注视虫子……

原来你是这样被治好的啊！我恍然大悟道。

嗨！我根本就没用这个法子。我可受不了，别说是看虫子的画片了，有一次到饭店吃饭，上了一罐精致的补品。我一揭开盖，看到那漂浮的虫草，当时就把盛汤的小罐摔到地上了……女友抚着胸口，心有余悸地讲着。

我狐疑地看了看自家的垃圾桶，虫尸横陈，难道刚才女友是别人的胆子附体，才如此泰然自若？我说，别卖关子了，快告诉我你是怎样重塑了金身!

女友说，别着急啊，听我慢慢说。有一天，我抱着女儿上公园，那时她刚刚会讲话。我们在林荫路上走着，突然她说，妈妈……头上……有……她说着，把一缕东西从我的头发上摘下，托在手里，邀功般地给我看。

我定睛一看，魂飞天外，一条五彩斑斓的虫子，在女儿的小手内，显得狰狞万分。

我第一个反应是像以往一样昏倒，但是我倒不下去，因为我抱着我的孩子。如果我倒了，就会摔坏她。我不但不曾昏过去，神智也是从来没有的清醒。

第二个反应是想撕肝裂胆地大叫一声。因为你胆子大，对于在恐惧时惊叫的益处可能体会不深。其实能叫出来极好，可以释放高度的紧张。但我立即想到，万万叫不得。我一喊，就会吓坏了我的孩子。于是我硬是把喷到舌尖的惊叫咽了下去，我猜那时我的脖子一定像吃了鸡蛋的蛇一样，鼓起了一个大包。

现在，一条虫子近在咫尺。我的女儿用手指抚摸着它，好像那是一块冷冷的斑斓宝石。我的脑海迅速地搅动着。如果我害怕，把虫子丢在地上，女儿一定从此种下了虫子可怕的印象。在她的眼中，妈妈是无所不能无所畏惧的，如果有什么东西把妈妈吓成了这个样子，那这东西一定是极其可怕的。

我读过一些有关的书籍，知道当年我的妈妈，正是用这个办法，让我从小对虫子这种幼小的物体，骇之入骨。即便当我长大之后，从理论上知道小小的虫子只要没有毒素，实在值不得大惊小怪，但我的身体不服从我的意志。我的妈妈一方面保护了我，一方面用一种不恰当的方式，把一种新的恐惧，注入我的心里。如果我大叫大喊，那么这根恐惧的链条，还会遗传下去。不行，我要用我的爱，将这铁环砸断。我颤巍巍伸出手，长大之后第一次把一只活的虫子，捏在手心，翻过来掉过去地观赏着那虫子，还假装很开心地咧着嘴，因为——女儿正在目不转睛地看着我呢！

虫子的体温，比我的手指要高得多，它的皮肤有鳞片，鳞片中有湿润的滑液一丝丝渗出，头顶的茸毛在向不同的方向摆动着，比针尖还小的眼珠机警怯懦……

女友说着，我在一旁听得毛骨悚然。只有一个对虫子高度敏感的人，才能有如此令人震惊的描述。

女友继续说，那一刻，真比百年还难熬。女儿清澈无瑕的目光笼罩着我，在她面前，我是一个神。我不能有丝毫的退缩，我不能把我病态的恐惧传给她……

不知过了多久，我把虫子轻轻地放在了地上。我对女儿说，这是虫子。虫子没什么可怕的。有的虫子有毒，你别用手去摸。不过，大多数虫子是可以摸的……

那只虫子，就在地上慢慢地爬远了。女儿还对它扬扬小手，说“拜……”

我抱起女儿，半天一步都没有走动。衣服早已被黏黏的汗水浸湿。

女友说完，好久好久，厨房里寂静无声。我说，原来你的药，就是你的女儿给你的啊。

女友纠正道，我的药，是我给我自己的，那就是对女儿的爱。

教养的证据

Jiao Yang De Zheng Ju

教养是个高频词，假如说某人没教养，就等于大批评大贬义了。如果说一个女人没教养，简直就如同说她是三陪小姐了。

什么叫教养呢？词典上说“文化和品德”的修养。但我更愿意理解为“因教育而养成的优良品质和习惯”。

一个人可以受过教育，但他依然是没有教养的。就像一个人可以不停地吃东西，但他的肠胃不吸收，竹篮打水一场空，还是瘦骨嶙峋。不过这话似乎不能反过来说——一个人没有受过系统的教育，他却能够很有教养。

教养不是天生的。一个小孩子如果没有人教给他良好的习惯和有关的知识，他必定是愚昧和粗浅的。当然，这个“教”是广义的，除了指人学经师，也包括家长的言传身教和环境的耳濡目染。

教养和财富一样都是需要证明的。你说你有钱不成，得拿出一个资产证明。教养的证据不是你读过多少书，家庭背景如何显赫，也不是你通晓多少礼节规范，能够熟练使用刀叉，学会穿晚礼服……这些仅仅是一些表面气泡，最关键的证据可能有以下若干。

热爱大自然。把它列为教养的证据之首，是因为一个不懂得敬畏大自然，不知道人类渺小的人，必定是井底之蛙，与教养谬之千里。这也许怪不得他，因为未经教育一个人是很难自发地懂得宇宙之大和人类的微薄的。没有相应的自然科学知识，人除了显得蒙昧和狭隘以外，注定也是盲目傲慢的。之所以从小就教育孩子要爱护花花草草，正是这种伟大感情的最基本的训练。若是看到一个成人野蛮地攀折树木，通常人们就会毫不迟疑地评判道：这个人太没教养了。可见教养是和绿色紧密联系在一起的。懂得与自然和谐地相处，懂得爱护无言植物的人，推而广之，他多半也可能会爱惜更多的动物，爱护自己的同类。

一个有教养的人，应该能够自如地应用公共的语言，表达自己的内心和同他人交流，并能妥帖地付诸文字。我所说的公共语言，是指大家——普通民众到知识分子都能理解的清洁和明亮的语言，而不是某种特定情景下的专业语言，这个要求并非画蛇添足，在这个千帆竞发的时代，太多的人，只会说他那个行业的几个内部语言，却不懂得和人们亲密地交流。这不是一个批评而是一个事实。和人的交流的掌握，特别是和陌生人的沟通，通常不是自发产生的，而是通过学习和练习来获得的。一个没有受过教育的人他掌握的词汇是有限和贫乏的，除了描绘自己的生理感受，比如饿了渴了睡觉及生殖欲望以外，他对于自己内心的感知甚为模糊，因为那些描述内心感受的词汇是抽象和长于比兴的，不通过学习，很难将它表达出来。那些虽然有一技之长，但无法精彩地运用公共语言这种神圣的媒介，来沟通和解决自我心灵的人，难以算是一个有教养的人。

一个有教养的人，对历史有恰如其分的了解，知道生而为人，我们走过了怎样曲折的道路。当然，教养并不能使每个人都能像历史学家那样博古通今，但是教养却能使一个有思考爱好的人，知晓我们是从哪里来，要到哪里去。教养通过历史，使我们不单活在此时此刻，也活在从前和以后，如同生活在一条奔腾的大河里，知道泉眼和海洋的方向。

一个有教养的人，除了眼前的事物和得失以外，他还会不由自主地想到他远大的目标。教养把人们的注意力拓展了，变得宏大和光明。每一个个体都有沉没在黑暗峡谷的时刻，当你跋涉和攀援中，虽然伤痕累累，因为你具有的教养，确知时间是流动的，明了暂时与永久。

一个有教养的人，特别是女人，对自己的身体，有着亲切的了解和珍惜之情。知道它们各自独有的清晰的名称，明了它们是精致和洁净的，身体的每一部分都有着不可替代的功能，并无高低贵贱的区别。他知道自己快乐和满足，有很大一部分是建筑在这些功能灵敏的感知和健全的完整上的。他也毫无疑义地知道，他的大脑是他身体的主宰。他不会任由他的器官牵制他的所作所为，他是清醒和有驾驭力的。他在尊重自己身体的同时，也尊重他人的身体，在尊重自我的权利的同时，也尊重他人的权利，在驰骋自我意识的骏马时，也精心维护着他人的茵茵草地。

一个有教养的人，对人类种种优秀的品质，比如忠诚、勇敢、信任、勤勉、互助、舍己救人、临危不惧、吃苦耐劳、坚贞不屈……充满敬重敬畏敬仰之心。不一定每一个人都能够身体力行，但他们懂得爱戴和歌颂。人不是不可以怯懦和懒惰，但他不能把这些陋习伪装成高风亮节，不能由于自己做不到高尚，就诋毁所有做到了这些的人是伪装。你可以跪在泥里，但你不可以把污泥抹上整个世界的胸膛，并因此煞有介事地说到处是污垢。

有教养的人知道害怕。知道害怕是件有价值的事情。它表示明了自己的限制，知道世界上有一些不可逾越的界限。知道世界上有阳光，阳光下有正义的惩罚。由于害怕正义的惩罚，因而自我约束，是意志力坚强的一种体现。

有教养的人知道仰视高山和宇宙，知道仰视那些伟大的发现和价值，知道对于自己无法企及的高度表达尊重，而不是糊涂地闭上双眼或是居心叵测地嘲讽。

教养不是一蹴而就的。教养是细水长流的。教养是可以遗失也是可以捡拾起来的。教养也具有某种坚定的流传和既定的轨道性，教养是一些习惯的总和。在某种程度上，教养不是活在我们的皮肤上，是繁衍在我们的骨髓里。教养和遗传几乎是不相关的，是后天和社会的产物。教养必须要有酵母，在潜移默化和条件反向的共同烘烤下，假以足够的时日，都能自然而然地散发出香气。教养是衡量一个民族整体素质的一张 X 片子。脸面上可以依靠化装繁花似锦，但只有内在的健硕，才能经得起冲刷和考验，才是力量的象征。

飘扬的长发与人生的幸福

Piao Yang De Chang Fa Yu Ren Sheng De Xing Fu

接到一封读者来信，是一个名牌大学的男生写来的。他说恋爱过程连战累挫，女友抛弃了他，很痛苦，简直丧失了活下去的勇气。他问我，拯救自己的方式是否马上进入下一场恋爱？以前的每一位女友都有飘逸的长发，都是一见钟情。他说，我还要找一头长发的女孩，还要一见钟情。

通常的读者来信，我是不回的。但这一封，让我沉吟。他谈到了厌世和一个我不能同意的救赎自我的方法，我想对长发谈点看法。因为长发对他成了一种绝望与新生的象征。

早年间，看到很多女孩留长发，司空见惯了，也不去寻找这后面所包含的信息。后来，我偶然发现一位已婚女友的发式常有变化，有时是长发，有时是短发。刚开始我以为这是她出于美观或是时尚的考虑，后来她告诉我这和她的婚姻状况有关。如果这一阶段她和丈夫关系不错，她就梳短发。如果关系很僵，她就留长发。我说，哦，我明白了，头发和爱情密切相关。她笑话我，说亏你还是个作家呢，难道不知头发是人的第三性征？

后来，我见到她稳定地梳起了马尾巴。说实话，那一头飘扬的长发（她的头发不错），和她满脸的皱纹实在是有些不宜。好在我已明白了头发的意义，对她说，你是下定了离婚的决心，要重新寻找新的伴侣了。

她有些惊奇，说我还没来得及告诉你，你怎么就知道了？

我说是你的头发出卖了你。她抚摸着头发说，这是爱情的护照。

那以后就对长发渐渐地留意起来。

女性的头发的样式，表示她的婚姻状况，这是一种集体无意识，已经深深地刻在我们的骨骼上了。女孩子为什么要留长发？首先因为一个人的头发，是一个很好的晴雨表，可以反映这个人的健康状况。在中医学里，称“发为血之余”。一个人的头发是否健康，表示着他的血脉是否丰沛充盈，生命力是否蓬勃旺盛。服饰可以调换，颜面可以化妆，但一个人的头发，是不能全面颠覆的。血自骨髓来，骨髓是一个人先天后天的精华之府。在骨髓的后面站着——肾。“肾主骨生髓”，这才是关键所在。众所周知，在东方人的文化中，“肾”并不仅仅是一个泌尿器官，而是和人的生殖系统有着极为密切的关系。

好了，现在我们已经逐渐捅到了问题的核心。长发在某种意义上，表达的是这个人“肾”的健康状况，也就是间接地反映着他的生殖潜能。当你以为只是展示你飘扬的长发的时候，你其实是在暴露你的健康史。

所以，一般说来，未婚的和期望求偶的女子，爱留长发。如果一个未婚女孩梳个短发，大家就会说她像个“假小子”。女子在结婚的时候，会把头发来一个改变。正如那首著名的歌曲中唱道的：“谁把你的长发盘起，谁为你穿上嫁衣？”

如今，对女子头发的要求，是越来越苛刻了。君不见某些品牌的洗发水广告，拍出的长发美女，那头发的长度已经到了一挂黑瀑的险恶境地。画面曲折表达的意思是——你想赢得性感高分吗？请向我看齐。潇洒到形销骨立的刘德华干脆说：我的梦中情人，有一头长发。潜台词即是：你想成为著名歌星的梦中情人吗？此处有一个绝好的机会——请用我们这个牌子的洗发水吧！

这种要求渐渐全方位起来。比如近年来的男性歌手组合“F4”的走红，除了种种因素之外，我觉得和他们形象中的一统长发有相当的关联。不单男性需要知道女性的健康和性征资料，女性也有同样的要求。女性的潜在的平等诉求被察觉和被满足，于是“F4”蓬松长发油然而生并一炮蹿红。

不厌其烦地就头发讨论了半天，是想说明“性”这个因素，是仅次于“食”的人类基本本能之一，它的影响力不可低估。它在很多时候，渗入到我们生活的种种缝隙中，以“缘分”甚至是“思想”这类面孔闪亮登场。再来说说一见钟情。我是医生出身，见过若干就“一见钟情”的生物学分析。在那些神话般的境遇之中，很可能是男女双方的体味在相互吸引，要么就是基因的配型有着某种契合，还有免疫互补……甚至，童年经验也在润物细无声地影响着我们。不要把“一见钟情”说得那么神秘，那么不可思议地权威。我们不是生活在真空，很多以为虚无缥缈的事件背后，有着我们今天还不能彻底通晓的物质基础。

在我们以为是天作之合的帷幕下，有时埋伏着的不过是人的本能这个老狐狸。我在这里绝没有鄙薄本能的意思，但作为主人，知道有乔装打扮的本能先生混在客人堆里一个劲儿地劝酒，觥筹交错时就要提防酩酊大醉，以防完全丧失了理智，被本能夺了嫡。

本能这个东西，很有意思。魔力就在于我们能否察觉它。它习惯在暗中出没，魔法无边。我们被它辖制而不自知，它就是君临天下的主宰。但是，如果把它揪到光天化日之下，它就像雪人一样瘫软乏力。

假设那位来信的男生，知道了他期望找到一位长发女友这一先入的标准，不过是要查询和检验一个女子的生殖系统潜能和最近若干时间以来的健康状况，那么，他在考虑长发因素的时候，可能就有了更多的角度和更宽容的把握。

本能是很会乔装打扮的，它很善变。能够识出它的种种变相，不仅要凭一己的经验，也要借助他人的心得和科学的研究。

如果有人现在对那个男孩子讲，你选择女友的标准只是看她如何性感，我猜他一定要反驳，说根本就不是那样浅薄。我们情投意合，我们非常默契。我要找到的就是和她在一起的这一份独特的感觉等等……

其实在婚姻这件事上，绝对的好或是绝对的坏，大约是没有或是极少的，有的只是常态，只是平衡，只是相宜。单凭某个孤立的条件来寻找爱人，怕是不够成熟的表现。你是一个什么人，你可要先认清，才好去寻找一个和你相宜的人。我很喜欢一个词，叫作“志同道合”，人们常常以为这句话是指事业，我觉得写与婚姻更妙。

有的年轻朋友会说，我找的是伴侣，火眼金睛地把对方认清了不就得了，干吗先要从自己开刀？

理由很简单。忠诚的人只能欣赏忠诚，而不能欣赏背叛。诚恳的人只能接纳诚恳，而不能接纳谎言。慷慨的人可以忍受一时的小气，却不会喜欢长久的吝啬。怯懦的人可以伪装暂时的勇敢，却无法在无尽的折磨中从容。谁想用婚姻改造人，只是一个幻彩的泡沫，真实只能是——人必然改造婚姻。恋爱婚姻是一个寻找对方更是寻找自己的过程。你整个的价值观和思想体系，都在这种亲密无间的关系中，得以延伸和凸现。

如果你把金钱当作人生的要素，你就不要寻找一个侠肝义胆的爱人。因为你即使在危难中曾受惠于他，但那是他的禀性，而非对你的赞同。当有一天你祭起“金钱至上”的大旗，无论你怎样千娇百媚，还是挽不回壮士出走的决心。如果你荆钗布裙安于寡淡，就不要寻找一个鸿鹄千里的爱人。即使你以非凡的预见知道他会直抵云天，也不要向这预见屈服，把自己的一生押了出去。否则他的翅膀上坠着你，他无法自在翱翔，你也被稀薄的空气掠得胆战心惊。

如果你单纯以色相示人，就要准备在人老色衰的时候，被厌恶和抛弃。如果你喜欢夸夸其谈，你就等着被欺骗的结局吧。

物以类聚，人以群分。失恋男生喜欢长发和一见钟情，他就不断地被这些吸引。他把恋爱当成了一道算术题，当一个答案打上红叉的时候，他赶忙用橡皮擦掉笔迹，在毛糙的纸上写下另一个答案。

殊不知他早已将题目抄错。

不要把长发当成唯一，一见钟情也没有什么神秘。我手头就有若干个例子，某些离散的婚姻，往往始于绚烂无缺的开端。比起开头来，人们更重视过程和结尾，这就是“创业难，守业更难”。这就是“成百里半九十”的涵义。

我在一个有鸟鸣的清晨给这位男生回信。因为我已心经沧桑，而对方是一位青年，人在清晨的时候心脉比较年轻。我说，不要把人生匆匆结束，不要把恋爱匆匆开始。你把一件事做完再做另一件事好吗？

他很快给我回了信。他说，不是我没有做完，而是事情已经被女友提前结束。我复信说，为了你一生的幸福，你要把爱的前提，好好掂量，为此花费一点时间是值得的。没想清楚之前，就不算真正结束。我明白你想用新鲜替代腐烂，想把新发丝粘结在旧发丝上让它随风飘扬……可你见过馊了的牛奶吗？如果你不把酸奶倒掉，不把罐子刷洗干净，便把新牛奶倒进去，那么，只怕很快我们就又要捂起鼻子了……

他已经久未来信了。我不知他是生我的气了，还是已酝酿了清新的爱情。

Chapter 伍

•

家，
是前方有路，
后方有你

没有比婚姻
这种小动物，
更需要营养
和清洁的维生素了。
就像没有永远的敌人一样，
也没有永远的爱人。

Chapter •
伍

蔚蓝的乐园

Wei Lan De Le Yuan

在一堂心理学课程上，老师对女同学说，我们来做一个试验，请大家选择一个你认为最舒适的位置坐好，然后闭上眼睛，听我说……

在老师特殊的语言诱导和自我的呼吸放松过程中，女人们渐渐进入一种极度松弛和冥想的状态。按照老师的每一道指示，沉浸在半是遐想半是幻觉的境况。那是一种奇异的体验，在思维飘逸中又保持了羽毛般细腻的注意力，身体的每一部分既仿佛被意志高度把持，又如边界模糊云空朦胧的雾海。

老师说，观察你自己的身体，感觉她每一部分的美好……然后深呼吸，体验血液在全身流通的温暖和欢畅，你的手指尖，你的脚心，你的每一寸肌肤，你的每一根发梢……感觉到热了吗？好……你渐渐地蜕去你女性的特征，变成一个男人……你的上肢，你的下肢，你的腹部……哦，如果你不愿意变，就不变吧……好，你已经变成一个男人了……打量你新的身体，从上到下，慢慢地抚摸他……你欣赏他吗？你喜爱他吗？……你是一个男人了，现在你要怎样呢？你走出家门……你行进在大街上，你同人家讲话，你的嗓音如何呢？……你看自己身边的女人，你的目光是怎样呢？……你以父亲的身份亲吻自己的孩子……四周初起是渐强渐弱的呼吸，然后趋于宁静，最后是死一样的沉寂。

待试验整体结束，大家遵照老师的指示，缓缓回到现实的真实环境中后，老师问，你们刚才在遐想中改变了一回自己的性别，有些什么特别的感触呢？

有大约三分之一的女性说，她们原来就不喜欢变成男人，这样在变的过程中，变着变着就变不下去了，怎么也蜕不掉自己的女儿身，于是她们就决定不变了，安安稳稳做女人。应了广告上的一句话——

做女人挺好。

还有大约三分之一的女人说，她们在思想和情绪上，还是觉得做男人好，但在具体想象的过程中，不知如何处置自己的身体。比如说变成男人后的身材，是像施瓦辛格那样肌肉累累，还是如同冷峻的男模特瘦骨嶙峋？尤其是将要抚平自己身体的曲线，脱去茂密的长发，生出毛茸茸的胡须那一步时，进展艰涩。到达消失掉女性的第一性征，萌动男性的第一性征关头，更是遭遇到了毁灭般的困难。直弄得变也不是，不变也不是，停在蜕变的中途，好似一只从壳中钻出一半身体的知了猴，既没有长出纱羽般的翅膀，也无法重新钻回泥里蛰伏，僵持在那里，痛苦不堪。可见做男人不是一个抽象的问题，倘若无法在生理上接受一个男性的结构，其他一切，岂不罔谈？

还有三分之一变性意志坚定的女性，虽然甚为艰巨，还是比较顽强地驱动自己的身体变成男性（据统计资料，有 34% 的女人，不喜欢自己的性别，假如有来生，可以自由选择性别的话，她们表示，坚

决变成一个男人）。她们在想象中的明亮的大镜子前，匆忙端详了一下自己的身体，就急急忙忙地穿上衣服。她们并不是为了欣赏

男性的身体而变成男性，她们有更重要的事情要做。要出门，当然要有相应的行头。女人们为变成男性的自己挑选什么样的衣服，是一个很有趣的问题。在日常生活中，这些女性为自己的男友或是丈夫择衣时，除了式样质地色泽以外，会注意顾及衣服的价位，也就是说，她们考虑问题是很实际的。但在想象中为男性的自己挑选衣物的时候，她们（现在要称他们了）都出手阔绰，毫不犹豫地买了名牌西装，为自己配了车，然后意气风发地走向商场、政界，成为焦点人物……当回复现实的女儿身时，她们一下子萎靡了。

真是一堂有意思有意义的课。从以上变与不变的讨论中，是否可以得出这样一个结论，女性希冀改变自己性别的愿望，并不纯是生理上对男性形体的渴慕，而更多更重要的——是想得到男性的社会地位、成功形象、财富和权柄，变性只是一个理想价值实现的变形的象征。

把复杂的愿望伪装成一个天然的性别问题，且无法由个人努力而企及，只有寄予虚无缥缈的来世，我们从中读出女性沉重的悲哀和无奈，也与社会的偏见和文化的挤压密不可分。

男性和女性在生理构造上是有不同的，主要集中在生殖系统上，这是不争的事实。生理构造的不同，可以带来行为方式上的不同，比如鸭子和鸡，前者因为掌上有蹼，羽毛的根部有奇特的皮脂腺分泌，能在水中遨游。后者就不成，落入水中，就变了落汤鸡，有生命危险。但男性和女性，即使在生理构造上，也是相同大于不同——比如我们有同样的手指同样的眼，同样的关节同样的脚，同样的肠胃同样的牙，同样的大脑同样的心。

男女之间的差别，说到底，力量不同是个极重要的原因。在人类文明的曙光时期，天地苍莽，万物奔驰，体力是一个大筹码。在极端恶劣的生存与环境的抗争中，追逐野兽，猎杀飞禽，攀援与奔跑……男性们占了肌肉和骨骼所给予的先天之利，根据义务与权利相统一的公平原则，他们因此得到了更多的权力和利益。跟随文明进程的语言和文化，将这些远古时流传下来的习气，凝固下来，弥漫开去，渗透到各个领域，成了铁的戒律。久而久之，不但男人相信它，女人也相信它。男人认为自己是天造地设的“强者”，女人认为自己是永远的“弱者”。

随着现代文明的进步，男女在体力上的差异，越来越不分明了。操纵机器用按钮，甚至在一场核武器的大战中，导弹和原子弹的发射，也只是弹指之间的事情，男人做得，女人也做得。因特网上，如果不真实地自报家门，谁也猜不出谈话的那一端是男是女。

最初奠定男女差异的物质基础已经动摇，渐趋消亡，但是建筑在它之上的陈旧的性别符号，却霸道地顽固地统治着我们的各个领域。

男女两性的真正平等，不是单纯地向男人世界挑战，也不是一味地向女人世界靠拢，而是在男女两性平等协商，相互沟通，既重视区别又强调统一的大前提下，建立一种新的体系，一个“中性”的价值框架。

它以人性中那些最光明仁慈的特质，来统率我们的思维和道德标准，博大宽容，善良温厚，新颖智慧，坚定勇敢。它以我们共同具有的勤劳的双手和睿智的大脑，把这颗蔚蓝色的星球，建设得更适宜人类的居住和思索，造就一方男女两性共享的宇宙乐园。

强弱之家

Qiang Ruo Zhi Jia

女强人这个词，更多的是一种社会性的评价。我不知道确切的定义是什么，大致想起来，似乎是指女人在一个传统的以男性为轴心的世界里，有了一定的地位、实力或影响。比如说做官做到处级以上（在比较小的城市，大约科级也行了吧）；比如挣的钱比较多，大概需要有几万元以上的收入（随着通货膨胀，这个数额恐怕也得不断地提高）；比如说知名度比较高（当然是绝不能同港台歌星比的啦）。

我是一个作家，没有权也没有钱。由于写东西总是要署名的，以示文责自负的勇气，知道我的名字的人比知道我丈夫的名字的人要多，使我也可以侧身女强人之列，我很感激这个行业给我的荣光。但是我的家人，并没有把我当一个女强人看待。我丈夫认识我的时候，就知道了我的名字。他称呼我的名字的次数，并不因为外界人知道我的多寡而增减频率。比如他可以在我写作的时候，很随意地对我说："哎，毕淑敏（我们俩都是当兵的出身，从认识的时候就是直呼其名，像在兵营里一样），你知道我的那双羊毛袜子搁哪儿了？"我就会毫不迟疑地放下笔，说："你怎么那么没记性啊，都跟你说了多少遍了，就在某个抽屉里。"一边说，一边就去给他找。这无论在我还是在他，都觉得理所当然。

当我的事情和我的儿子发生冲突的时候，我几乎是下意识地就服从了孩子。比如说今年的暑假，我儿子叹了一口气说："我有你这样一个妈妈真是倒霉啊。"

我忙问为什么。他说："别的同学放了假，可以自由自在地待在家里。可我的妈妈是一个作家，一天到晚在家写作。无论什么时候，妈妈都像猫头鹰一样盯着我。"

我埋头写字，并没有时间总盯着他。是他到了十几岁的年纪，强烈地萌发独立意识，要求自己的空间。第二天，我收拾起自己的纸笔，转移到单位的办公室写作。这当然给我的工作带来了不便，几天以后，连儿子自己也不好意思了。他说，妈妈你回家来吧。我说："你不必在意。写作对我来说是终生的工作，不在乎这一个月的时间。但这个暑假对你来说是极为宝贵的，我愿意把家让给你。"

我这么做大约是太姑息儿子了。但世上有些事情是不以对错论结果的，支配我们的是一种习惯。

在我心中，孩子与家都是万分贵重的东西。面对它们强大的力量，我是弱者。

七万小时之外

Qi Wan Xiao Shi Zhi Wai

小时，到同学家玩，部队院落、公家配给的住房，格局大同小异。家具也都是发的。一样的桌子一样的床……有一回，我看到同学家盛饺子的盘子和我家的一模一样，大吃一惊，心想该不是此人偷偷把我家的盘子搬回自己家了吧？急急忙忙跑回家，看到自家的盘子安然睡在碗柜中，这才长吁一口气。后来问妈妈，才知盘子是早年间统一发的，用得马虎的人家，都已损坏了。因为这两家用得仔细，才酿出了我的惊疑。妈还说，连花窗帘也曾统一发过，你不要以为别人把咱家的帘子摘走了。

但我在这强烈的雷同中，依然顽强地感到了职业带给家庭的烙印。比如父母都是医生的那家，到处是炫眼的白色，空气中总是弥漫着令人想打喷嚏的味道。我原以为她家爱把消毒水泼在拖把上擦地，不料该同学说，才不是呢。是我爸妈在医院里，头发都被这种味腌透了，他们走来走去，家就变成了一只药盒子。有一位同学老爸是飞行员，家里摆满飞机模型，还用黄铜的子弹炮弹壳做成实用和装饰的物件，金光四射地悬挂四处，令人有一触即发之感。有一位的妈妈是海军，无数尊珊瑚雄踞各个角落，绕行其中，恍以为自己变成了一条鲸。记得有一次我忘了她家的门牌号码，向人打听，因并不知她父母的姓名，情急之下说，就是有很多红珊瑚的那家，被打探的人立刻伸出手指答，噢，拐弯就是……珊瑚已成路标。

人们通常是赞成把职场和家庭分开的，同意“工作是工作，居家是居家，两者有界限”。问过一百个人，都发誓说不愿把职场中的挣扎，带到平和的家中，但在实践中，谈何容易呢？上班时间忙不完，未完之公务就紧随你疲惫的脚进了家门。如同一种极具生长性的蘑菇，撒在潮湿的草原上了，你将无法控制它的滋生。还有那无所不在的工作电话，仿佛章鱼的触角，把你与你所从事的职业捆绑在一起，倘不留心，可搅缠你到窒息。夜半了，你还苦泡在事业的设计中。即使是和家人一道旅游，你会突然萌动一个工作创意，灵魂出走，游离于山水之外。事业腾达，家庭易生泡沫与幻觉。濒临破产下岗，家中恐也阴云密布狼烟滚滚……

某男人要离婚，理由只有一个，说是受不了妻子的讲话。大家都以为必遇到了悍妇，调停时才发现那女人极富耐心，于是众人反过来派男方的不是。男人说，你们只同她接触了片刻，自然以为她不错。知道她是干什么的吗？幼儿园阿姨。她总是把我当成园里大班的小朋友，每一句话都要重复三遍以上，且全是指导和教育性口吻。您愿意终生都在一种被人强加的幼稚氛围里度过吗？不愿，就要离开——家庭的质量，和职业状态有着千丝万缕的关系。现代的行业分工越来越复杂和细腻了。据统计，一个人从大学毕业参加工作一直干到退休，在职场上要打拼七万个小时。想想看，这是怎样的七万个小时啊！你年富力强，你全神贯注，你头悬梁锥刺股，你惨淡经营。你生命的黄金时段，胶着凝结于这七万小时，炼出一枚放射性元素，对现代家庭辐射出极具穿透力的影响。

新的职业也带来新的问题。一位年轻的妻子说，自从丈夫成为电脑工程师后，钱挣得越来越多，话说得越来越少，用词越来越缩略，充斥着黑话般的术语。有时简直觉得他被工作置换了，变成一台人形电脑……

世上有各种各样的职业，世上只有一种快乐的家庭。从事每种正当职业的人，都可以拥有快乐的家庭。职业可以有好坏，却是没有对错的。没有哪一种工作对家庭的快乐一定有益或是一定有害，全看你我如何建设。

Chapter • 伍

全职主夫

Quan Zhi Zhu Fu

早上，告别伊利诺伊州的小镇，出发到芝加哥去。行程的安排是：我和安妮先乘坐当地志愿者的车，一个半小时之后到达罗克福德车站，然后从那里再乘坐大巴，直抵芝加哥。

早起收拾行囊，在岳拉娜老奶奶家吃了早饭，安坐着等待车夫到来。私下揣摩：今天我们将有幸与谁同行？

几天前，从罗克福德车站到小镇来的时候，是一对中年夫妇接站。丈夫叫鲍比，妻子叫玛丽安。他们的车很普通，牌子我叫不出来，估计也就是相当于国内的“夏利”那个档次。车里不整洁也不豪华，但还舒适。我这样说，一点也没有鄙薄他们财力或是热情的意思，只是觉得有一种平淡的家常。

丈夫开车，车外是大片的玉米地。玛丽安面容疲惫但很健谈，干燥的红头发飘拂在她的唇边，为她的话增加了几分焦灼感。我说，看你很操劳辛苦的样子，还到车站迎接我们，非常感谢。

玛丽安说，疲劳感来自我的母亲患老年性痴呆 14 年，前不久去世了。都是我服侍她的，我是一名家庭主妇。我知道陪伴一位老人走过她最后的道路，是多么艰难的过程。照料母亲成了我生命的一部分。母亲去世了，我一下子不知道干什么好了。现在，我干什么呢？

虽然我有家庭，鲍比对我很好……

说到这里，开车的鲍比听到点了他的名，就扭过头，很默契地笑笑。

玛丽安说，孩子也很好，可这些都填补不了母亲去世后留下的黑洞。我的这一段经历，我不想让它轻易流失。你猜，我选择了怎样的方式悼念母亲？

我说，你要为母亲写一本书吗？这的确是我能想出的悼念母亲的较好方法了。

玛丽安说，不是每个人都有能力写书的。

我说，那么你想出的方法是什么？

玛丽安说，我想出的办法是竞选议员。

我的眼珠瞪圆了。当议员？这可比写书难多了，不由得对身边的玛丽安刮目相看。议员是谁都当得了的？这位普通的美国妇女，消瘦疲倦，眼圈发黑，看不出有什么叱咤风云的本领，居然就像讨论晚餐的豌豆放不放胡椒粉那样，淡淡地提出了自己的议员之梦。玛丽安沉浸在对自我远景的设想中，并未顾及我的惊讶。她说，我要向大家呼吁，给我们的老年人更多的爱和财政拨款。服侍老人不但是子女的义务，而且是全社会代价高昂的工作。这不但是爱老年人，也是爱我们每一个人。我到处游说……

我忍不住插嘴，结果怎么样？你有可能当选吗？

玛丽安一下羞涩起来，说，我从没有竞选的经验，准备也很不充分。当然，财力也不充裕。所以，这第一次很可能要失败了。但是，我不会气馁的。我会不懈地争取下去，也许你下次来的时候，我已经是州议员了。

玛丽安说到这里，鲍比就把汽车的喇叭按响了。宽广的道路上没有一个人，也没有任何险情。喇叭声声，代表鲍比的喉咙，为妻子助威。

我对玛丽安生出了深深的敬佩。怎么看她都不像是一个能执掌政治的女人，但是谁又能预计她献身政治后的政绩，不是辉煌和显赫呢？因为她的动机是那样单纯，信念是那样坚定！

有了来时和这位“预备役议员”的谈话，我就对去时与谁同车，抱有了浓烈的期待。

车夫来了。一个很高大而帅气的男子，名叫约翰。一见面，约翰连说了两句话，让我觉得行程不会枯燥。

第一句话是：出远门的人，走得慌忙，往往容易落下东西，我帮你们装箱子，你们再好好检查一下，不要遗漏了宝贝。

在他的提醒下，我迅速检点了一番自己的行囊。乖乖，照相机就落在了客厅的沙发上。在整个美国的行程中，我仅这一次丢了东西，还被细心的约翰挽救了回来。

第二句话是：你的箱子颜色很漂亮，它不是美国的产品，好像是意大利的。

我惊奇了。惊奇的是一个大男子汉，居然在记忆中储存着女士箱子的色彩和款式的资料，并把产地信手拈来。

我说，谢谢你的夸奖。你对箱子很了解啊。能知道你是做什么工作的吗？

我猜想他可能是百货公司的采购员。

约翰把车发动起来，他的车非常干净清爽。他一边开车一边回答：我的工作嘛，是足球教练。

我自作聪明地说，赛球的时候走南闯北的，所以你就对箱子有研究了。

约翰笑起来说，我这个足球教练，只教我的三个孩子。我有三个男孩，他们可爱极了。

他说着，竟然情不自禁地减速，然后从贴身的皮夹里掏出一张照片，转手递给我们。三个如竹笋一般修长挺拔的孩子踩着足球，笑容像新鲜柠檬一样灿烂。

约翰说，我的工作，就是照顾我的三个孩子。我接送他们上学，为他们做饭，带他们游玩和锻炼。我的邻居看到我把自己的孩子带得这样好，就把他们的孩子也送到我这儿训练，我就多少挣一点小钱。但绝大多数时间，我是挣不到一分钱的。因为我不好意思领工资。

我是全职的家庭主夫啊。

我赶快把自己的脸转向窗外。因为我无法确保自己的五官，不因巨大的愕然而错位。

令我惊奇的不仅是这样一个正当壮年的健康男子，居然天天在家从事育子和家务劳动，更重要的是他在讲这些话的时候，那种安然的坦率和溢于言表的幸福感。我从来没有见过一个男子说到自己的职业是家庭主夫时，如此的心平气和。不对，不准确。不是心平气和，是意气风发。

我变得小心翼翼起来。我怕我不合时宜的语调，出卖了我的惊讶。

我说，你的妻子是做什么的？

约翰说，法官，她是法官，在我们这一带非常有名气的法官。

我说，那你这样……没有工作，对不起，我的意思是在家里……的工作……她心理平衡吗？

约翰很有几分不解地说，平衡？她为什么不平衡呢？这是一种多么好的组合！她那么喜欢她的孩子，可是她要工作，把孩子交给谁来照料呢？当然是我了，她才最放心。

话说到这个份儿上，我顾虑再追问下去，是否有些不敬，但我实在太想知道答案了，只好冒着得罪人的危险说，要是您不介意，我还想问问，您心理平衡吗？

约翰说，我？当然，平衡。我那么爱我的孩子，能够整天和我的孩子在一起，我是求之不得的。世上不是每个男人都有这样的福气的。他们不一定能娶到我夫人这样能干的女子，我娶到了。这是我的天大的运气啊。

交流到这个程度，我心中的问号基本上被拉直，变成叹号了。

我只有彻头彻尾地相信，世界上有一种非常快乐的家庭主夫生活着，绽放着令世界着迷的笑脸。

到了车站，当我和安妮把所有的行李搬了下来，和约翰友好地招手告别，突然安妮一声惊叫：天啊，我的手提电脑……哪里去了？

约翰不慌不忙地说，别急。很可能是落在岳拉娜老奶奶家了。

待我问问她。

约翰拨打手提电话，果然，电脑是在岳家。

怎么办呢？那一瞬，很静。听得见枫树摇晃树叶的声音。从车站到我们曾经居住的小镇，一来一回要三个小时，约翰刚才还说，他要赶回去给孩子们做饭呢！

我们看着约翰，约翰看着我们。气氛一时有些微妙和尴尬。临行之前，他再三再四地叮嘱我们，现在不幸被他言中……

约翰是很有资格埋怨我们的，哪怕是一个不悦的眼神。或是出于不得不顾及的礼节，他可以帮助我们，但他有权利表达他的为难和遗憾。

但是，没有。他此刻的表情，我真的无法确切形容，原谅我用一个不恰当但却能表达我当时感觉的词——“贤妻良母”。他是那样的“贤妻良母”，真正的温暖的笑容，耐心而和善。好像是一个长者刚对小孩子说过：你小心一点，别摔倒了。那孩子就来了一个嘴啃泥。他的第一个反应不是埋怨和指责，而是本能地微笑着，看到他的膝盖出了血，就帮助包扎。他很轻松地说，不要紧。出门在外的人，这样的事情常常发生。你们不要着急，我这就赶回小镇。照料完我的孩子们的午饭，我就到岳拉娜老奶奶家取电脑，然后立即返回这里。等着我吧。在这段时间里，你们可以看看美丽的枫树。只有伊利诺伊的枫树，是这样冷不防地就由黄色变成红色的了，非常俏皮。离开了这里，你就看不到如此美丽的枫树了。

约翰说着，挥挥手，开着车走了。我和安妮坐在秋天的阳光下，看着公路上约翰的车子变成一只小小甲虫，消失在远方。我们什么也没说，等待着他亲切的笑容在秋阳下重新出现。

Chapter •
伍

成千上万的丈夫

Cheng Qian Shang Wan De Zhang Fu

有成千上万的男人，可能成为某个女人的好丈夫。

这句话，从一位做律师的女友嘴中，一字一顿地吐出时，坐在对面的我，几乎从椅子滑到地上。

别那么大惊小怪的。这话也可以反过来对男人说，有成千上万的女人，可以成为你们的好妻子。你知道我不是指人尽可夫的意思。教养和职业，都使我不会说出这类傻话。我是针对文学家常常在作品中鼓吹的那种“唯一”，才这样标新立异。女友侃侃而谈。

没有唯一。唯一是骗人的。你往周围看看，什么是唯一？太阳吗？宇宙有无数只太阳，比它大的，比它亮的，恒星无数。钻石吗？也许有一天我们会飞到一颗钻石组成的星球，连旱冰场都是钻石铺的。那种清澈透明的石块，原子结构很简单，更容易复制了。指纹吗？指纹也有相同的，虽说从理论上讲，几十亿上百亿人当中，才有这种可能性。好在我们找丈夫不是找罪犯，不必如此精确。世上的很多事情，过度精确，必然有害。伴侣基本是一个模糊数学问题，该马虎的时候一定要马虎。

有一句名言很害人，叫作：每一片绿叶都不相同。我相信在科学家的电子显微镜下，叶子间会有大区别，楚河汉界。但在一般人眼中，它们的确很相似。非要把基本相同的事物，看得大不相同，是神经过敏故弄玄虚。在森林里，如果戴上显微镜片，去看高大的乔木，除了满眼惨绿，头晕目眩，无法掌握树林的全貌。只得无功而返，也许还会迷失方向，连回家的路都找不到了。

婚姻是一般人的普通问题，不要人为地把它搞复杂。合适做你丈夫的人，绝非前无古人后无来者的异数。就像我们是早已存在的普通女人，那些普通的男人，也已安稳地在地球上生活很多年了。我们不单单是一个人，更是一种类型，就像喜欢吃饺子的人，多半也热爱包子和馅饼。科学早就证明，洋葱和胡萝卜脾气相投，一定会成为好朋友。大豆和蓖麻天生和平共处。玫瑰和百合种在一处，彼此都花朵繁茂，枝叶青翠。但甘蓝和芹菜相克，彼此势不两立。丁香和水仙花，更是水火不相容。郁金香干脆会置勿忘草于死地……如果你是玫瑰，只要清醒地坚定地寻找到百合种属中的一朵，你就基本获得了幸福。

当然了，某一类人的绝对数目虽然不少，但地球很大，人又都在走来走去，我们能否在特定的时辰，遇到特定的适宜伴侣，也并不是太乐观的事。

相信唯一，你就注定在茫茫人海东跌西撞寻寻觅觅，如同一叶扁舟想捕获一条不知潜在何处的鳟鱼，等待你的是无数焦渴的黎明和失眠的月夜。

抱着拥有唯一的愿望不放，常常使女人生出组装男友和丈夫的念头。相貌是非常重要的筹码，自然列在前茅。再加上这一个学历高，那一个家庭好，另一个脾气柔雅，还一个事业有成……女人恨不能将男人分解，剁下各自最优异的部分，由女人纤纤素手用以上零件，黏合成一个美轮美奂的新男人，该是多么美妙！

只可惜宇宙浩渺，到哪里寻找这样的胶水！

这种表面美好的幻想核心，是一团虚妄的灰雾在作祟。婚姻中自然天成的唯一佳侣，几乎是不存在的。许多婚礼上，我们以为天造地设的婚姻，夭折得如同闪电。真正的金婚银婚，多是历久弥新的磨合与默契。女人不要把一生的幸福，寄托在婚前对男性千锤百炼的挑拣中，以为选择就是一切。对了就万事大吉，错了就一败涂地。选择只是一次决定的机会，当然对了比错了好。但正确的选择只是良好的开端，即使航向对头，我们依然还会遭遇风暴。淡水没了，船橹漂走，风帆折了……种种危难如同暗礁，潜伏航道，随时可能颠覆小船。选择错了，不过是输了第一局。开局不利，当然令人懊恼，然而赛季还长，你可整装待发，蓄芳来年。只要赢得最终胜利，终是好棋手。

在我们人生旅途中，不得不常常进入出售败绩的商场。那里不由分说地把用华丽外衣包装的痛苦，强售给我们。这沉重惨痛的包袱，使人沮丧。于是出了店门，很多人动用遗忘之手，以最快速度把痛苦丢弃了。这是情绪的自我保护，无可厚非。但很可惜，买椟还珠，得不偿失。付出的是生命的金币，收获的只是垃圾。如果我们能够忍受住心灵的煎熬，细致地打开一层层包装，就会在痛苦的核心里，找到失败随机赠送的珍贵礼品——千金难买的经验和感悟。如果执着地相信唯一，在苦苦寻找之后一无所获，或是得而复失，懊恼不已，你就拿到了一本储蓄痛苦的零存整取存单，随时都有些进账可以添到收入一栏里记载了。当它积攒到一笔相当大的数目，在某个枯寂的晚上，一股脑儿挤提出来，或许可以置你于死地。

即使选择非常幸运地与唯一靠得很近，也不可放任自流。唯一不是终生的平安保险单，而是需要养护、需要滋润、需要施肥、需要精心呵护的鲜活生物。没有比婚姻这种小动物，更需要营养和清洁的维生素了。就像没有永远的敌人一样，也没有永远的爱人。爱人每一天都随新的太阳一同升起。越是情调丰富的爱情，越是易馊，好比鲜美的肉汤如果不天天烧开，便很快会滋生杂菌以至腐败。不要相信唯一。世上没有唯一的行当，只要勤劳敬业，有千千万万的职业适宜我们经营。世上没有唯一的恩人，只要善待他人，就有温暖的手在危难时接应。世上没有唯一的机遇，只要做好准备，希望就会顽强地闪光。世上没有唯一只能成为你的妻子或丈夫的人，只要有自知之明，找到适合你的类型，天长地久真诚相爱，就会体验相伴的幸福。

女友讲完了，沉思袅袅地笼罩着我们。我说，你的很多话让我茅塞顿开。但是……

但是……什么呢？直说好了。女友是个爽快人。

我说，是否因工作和爱人都不是你的唯一，所以才这般决绝？

不管你怎样说，我依然相信世界上存在着"唯一"这种概率。如同玉石，并不能因为我们自己不曾拥有，就否认它的宝贵。

女友笑了，说，一种概率若是稀少到近乎零的地步，我们何必抓住苦苦不放？世上有多少婚姻的苦难，是因追求缥缈的“唯一”而发生啊！对我们普通的男人和女人来说，抵制唯一，也许是通往快乐的小径。

哑幸福

Ya Xing Fu

初逢一女子，憔悴如故纸。她无穷尽地向我抱怨着生活的不公，刚开始我还有点不以为然，很快就沉入她洪水般的哀伤之中了。你不得不承认，在这个世界上，有些人就是特别倒霉，女人尤多。灾难好似一群鲨鱼，闻到某人伤口的血腥之后，就成群结队而来，肆意啄食他的血肉，直到将那人的灵魂嘬成一架白骨。

从刚开始，我就知道自己这辈子不会有好运气的。她说。我惊讶地发现，在一片暗淡的叙述中，唯有说这句话的时候，她的脸上显出生动甚至有一点得意的神色。

你如何得知的呢？我问。

我小时候，一个道士说过——这小姑娘面相不好，一辈子没好运的。我牢牢地记住了这句话。当我找对象的时候，一个很出色的小伙子爱上了我。我想，我会有这么好的运气吗？没有的。就匆匆忙忙地嫁了一个酒鬼，他长得很丑，我以为，一个长相丑恶的人，应该多一些爱心，该对我好。但霉运从此开始。

我说，你为什么不相信自己会有好运气呢？

她固执地说，那个道士说过的……

我说，或许，不是厄运在追逐着你，是你在制造着它。当幸福向你伸出手指的时候，你把自己的手掌，藏在背后了。你不敢和幸福击掌。但是，厄运向你一眨眼，你就迫不及待地迎了上去。看来，不是道士预言了你，而是你的不自信，引发了灾难。

她看着自己的手，摩挲着它，迟疑地说，我曾经有过幸福的机会吗？

我无言。有些人残酷地拒绝了幸福，还愤愤地抱怨着，认为祥云从未卷过他的天空。

幸福很矜持。遭逢的时候，它不会夸张地和我们提前打招呼。

离开的时候，也不会为自己说明和申辩。

幸福是个哑巴。

男性的爱

Nan Xing De Ai

作家是依靠内心回忆和感情想象而干活的人，经历和记忆是他们的矿藏。对我来说，喜爱埋藏深深的重金属，期待它不单是个人的历程和埋藏，更和广大山水相连。它灰金色的颗粒，在风化中流向远方，在沙砾中闪烁微弱而恒远的光芒。

年轻时在西藏阿里，严寒和风霜，嵌在骨头缝中，在我笔下（恰当地说，是在键盘上）常会出现往事的片段。一些轮廓混淆下去，一些细节凸显出来。我把一些最动人的故事掩藏着，如同儿童对待最喜爱的玩具。

记得早年间听过一位前辈作家的创作谈，大意是一个作家不要吝惜自己的素材，要有写完这一篇再不写了的破釜沉舟的勇气，把最好的东西拿出来……我很佩服这种孤注一掷的决断，自己却难以做到。我不是吝惜素材，而是对自己的手艺信不过。

有一回，我和一位我很尊敬的作家谈起写作，她说，你下一部作品打算写什么呀？我说，没打定主意呢。我想写自己的故事，也想写别人的故事。她说，我给你出个主意，先写别人的故事，再写自己的故事。我说，为什么呢？她说，写作是一个终生的职业，你现在还年轻，可以跑来跑去地多听多写别人的故事。当你有一天跑不动的时候，再沉下心来写自己的故事。那时候，你在别人的故事里磨快了你的笔，写自己的故事就可以顺手一些了。

这是一个写作的策略，有一点像田忌赛马。只是和我们比赛的另一方，不是别人，而是时间。

我记住了她的话，却心有余而力不足，让这个上好的策略一直休息。我到北师大去读心理学硕士和博士方向课程，几乎没有写作的时间。从 1998 年到 2002 年，终日乘坐地铁和公车，穿透北京。碰上起晚了时间来不及，也给自己一点小小的奢侈，打出租车上学。当我告知目的地是北师大，上课时间 8:30，最好快些赶的时候，以饶舌著称的北京司机会说，您是教授吧？这是去讲课吧？我说，不是讲课是听课，不是教授是学生。他们便不再说什么，只顾埋头开车。我猜他们心里在嘀咕——这个半老的女人怕是有什么毛病吧？

都多大岁数了，还上哪门子学啊！

心理学的课程，让我受益匪浅。最主要是好玩，犹如进到东海龙宫的宝库，目不暇接。让我从学术上得以深入更广大的人生，对自己也对他人有了进一步的了解。

前些日子，王蒙先生出任中国海洋大学文学院院长，邀我和几位作家去文学院做个演讲。记得在讲完之后回答问题的时候，有个学生提到了她刚看完《藏红花》这篇小说，很受感动，觉得这是描写了男人的爱。我当时有一点吃惊，一是觉得海洋大学是所理工科大学，怎么还有学生这样爱看小说？二是《藏红花》刚刚发表在《北京文学》

上，想不到这份刊物的腿已经这样快，跑到了山东。三是那个学生提到了“男人的爱”，这是我都不曾提炼出来的主题。即男性对于生命，对于繁衍，对于领地，对于同类的锥心之爱。

我向那个学生表示了衷心的谢意。

我要开始写我那些最宝贵的素材了。不是因为我没有心境和时间倾听他人的故事，而是因为我的记忆在暗夜中不停地呼唤着我，磨刀霍霍。

《梦坊》的故事，算是我的一次尝试吧。我很希望自己能把一些心理学研究的情景写出来，和更多的读者分享。在这个领域里，有太多病态的东西麇集着，散发着阴冷和潮湿的气味。我还能在描写这类故事的时候，保持我所喜欢的温暖和光亮吗？我不知道，我想试一试。在苦难纷杂的人生中，要做到尖刻和冷漠不容易，要做到有力量的温和与透彻的光亮，也不容易。

写作让我沉静和坚定。在几乎完全中断了写作短篇小说四年之后，重新开始这个类别的写作，令我有短暂的生疏感。当时很怕写得像论文。因为四年前我刚开始上课的时候，导师说我交上去的论文像散文。我很惭愧，便极力摆脱以往的写作习惯，费了不少的劲，才使自己的论文勉强像论文了。这次又要转回来，心中暗暗叫苦。

两个短篇的篇幅也都有些长了，以后我当注意。

Chapter

陆

●

请，
与这世界
温柔相处

有很多的束缚，不在他人手里，

而在自己心中……

突破是一个过程，

首先经历心智的拘禁，

继之是行动的惶惑，

最后是成功的喜悦。

第二志愿

Di Er Zhi Yuan

人们常常把所有的注意力，都集中在第一志愿。这些年，随着考试严酷性的不断升级，关于填报志愿的说法，也越来越霸道了——那就是，全力以赴关注你的第一志愿。某些大学的录取人员公开宣布，我们是不会录取第二志愿的学生的。因为你的热爱不够专一，录取来也学不好的。

高考形势特殊，僧多粥少，对于学校的取舍，旁人不好议论是非。但我以为，如果把高考报志愿的经验推而广之，把第一志愿至上，扩散成人生选择的一大信条，就有商榷的必要了。人生的选择绝少是唯一的。

听一位美国心理学家讲座，谈到男女青年挑选恋爱对象时，他说，如果你在读大学的时候，一眼扫去，本班级上的异性，有三分之一以上可以成为你的配偶候选人，那么……

讲到这里，说是悬念也好，说是征询民意也好，他成心留出一个长长的停顿，用苍蓝色的眼珠扫视全场。台下发出汹涌的低语声，均说："那他就是一个神经！"

异国的心理学家抖抖肩膀说："喏！那他或她，就是一个心理健康的人。"

这观点有点好玩，也有点耸人听闻，是不是？当然，他指的寻找伴侣，是在大学校园内，智商和背景有大的相仿，并不能波及到整个社会，说某个男人觉得与世上三分之一的女人都可成眷属，才属正常。

但这一论点也可以说明，既然结为夫妻这样严重的问题，都不妨有一手或是几手打算，那么，在其他场合的选择，当有更大的弹性。当孤注一掷地把自己的命运押在某个"唯一"头上的时候，我们实际上处于自我封闭和焦灼无序的状态。内心流淌的是自卑和虚弱。以为只有这狭窄的途径，才是抵达目的地的独木桥，无法设想在另外的情形下，还有道路尚可通行。某些人的信念虽执着但脆弱，难以容忍自己的不成功。由于太惧怕失败的阴影了，拒绝想象除胜利以外，事态还同时存有一千种以上暗淡的可能。他们能够采取的自卫措施，就是放下眼帘。以为只要不去想，不良的结果就可能像鬼魅，只能在暗夜中游走，不会真的在太阳下现身。

于是每当选择的关头，我们可以看到那么多鸵鸟似的奋不顾身，色厉内荏地跑跳着。到了没有退路的时候，就把小小的脑袋埋入沙荒。他们并不仅仅骗别人，首先的和更重要的，是用这种虚张的气势，为自己打气加力。他们拒不考虑第二志愿，觉着给自己留了退路，就是懦夫和逃兵。甚至以为那是一个不祥的兆头，好像夜啼的猫头鹰，早早赶走一方平安。他们竭力不去前瞻那潜伏着的败笔和危险，好像不带粮草就杀入沙漠的孤军。即使为了应付局面多做准备，也是马马虎虎潦潦草草，虚与委蛇地写下第二、第三志愿……不走脑子，秋水无痕。不敢一针见血地问自己，假若第一志愿失守，能否依旧从容微笑？

可惜世上的事情，不如愿者十之八九。当冰冷的结局出现时，很多人就像遇到雪崩的攀援者，一堕千丈。

此刻，你以前不经意间随手填写的第二志愿，就像保险绳一样，在你下坠的过程中，有力地拽住了你，还你一方风景。

惊魂未定的你，此时心中百感交集。被第一志愿抛弃的巨大失落，使百骸俱软，无暇顾及和珍视第二志愿的援手。你垂头丧气地望着崖下，第一志愿的游魂还在碎石中闪着虚光。有人恨不能纵身一跳，以七尺之躯殉了那未竟的理想。即便被亲人和世俗的利害，劝得暂且委曲求全，那心中的经久不散。第二志愿如同灰姑娘，龟缩在角落里，打扫尘埃，收拾残局，等待那不知何日才能莅临的金马车。

其实人的才能是多方面的，守节般地效忠第一志愿，愚蠢不说，更是浪费。候鸟是在不断的迁徙当中，寻找自己的最佳栖息地，并在长途艰苦的跋涉中，锻炼了羽翼。在屋檐下盘旋的鸟，除了麻雀，还能想出谁？

寻找第二志愿的过程，实质上是对自己的一次再发现。除了那最突出最显著的特点之外，我还有什么优长之处？第一志愿和第二志愿之间，可否像两位相得益彰的前锋，交互支援？我还有哪些潜藏着的特质有待发掘和培养？平日疏忽的爱好，也许可在失落中渐渐显影？

第二志愿的考虑和填写，也许比第一志愿更取舍艰难。惟妙惟肖地预想失败，直面败后的残局和补救的措施，绝非乐事，但却必需。尝试着在出征前就布置退却和迂回的路线，并在这种惨淡经营的设计当中，规划自己再一次崛起的蓝图，是一种经验，更是勇气。也许是因为害怕面对这种挫折的演习，有人惊鸿一瞥般地拟下第二志愿，并不曾经历大脑深远的思考。他们以为这是勇往直前背水一战的魄力，殊不知暴露的只是自己乏于坚韧和气血两虚。

不可搪塞第二志愿。它依旧是人生重要的选择，是你面对逆境的备份文件。它是进可以攻退可以守的支撑点，它是无惧无悔的屏障，它是一个终结和起跑的双重底线。

或许有人以为，有了第二志愿第三志愿……人就易颓败，多疏乐。这是一个谬论。亡命之徒不可取，它使人铤而走险，一旦失利，便是绝望与死寂。不妨想想杂技演员。有了保险绳的时候，他们的表演会无后顾之忧，更精妙绝伦。

在填写第一志愿的时候，把其后的每一份志愿也都认真地考虑，这是人生不屈不挠的法门之一。

第一声鸽哨

——序冯敬兰散文集《你到底要什么》

Di Yi Sheng Ge Shao

中年以后，我于交友一事，空前地吝啬了。活到这个年纪，经历了太多的风雨，心灵就像一间旧仓库，壅塞陈物，已没有多少空地方可存放清洁鲜艳的新友谊了。

朋友是一件奢侈的事情，需要好心情的长久灌溉和呵护，培育需一生，毁坏只需一旦。有时为了宣泄自我的苦难，把情绪冰雹似的抛向朋友，多少带有利己的私念，更使友谊具有了隐秘的性质。我已有了几位从幼儿园时就交往的资深朋友，无论倾诉还是被倾诉，均供大于求。再者，我讨厌“多一个朋友多一条路”的商业说法，朋友不是路，只是心与心的接头插口，绝不可太多。

友谊趋于饱和的状态下，遭遇了冯敬兰。在文学研究生班同学三年的日子里，她的智慧、她的善良、她的敏锐与一针见血的语言力度，都深深令我敬佩。放学的时候，我们站立北京街头，背靠着一根电线杆或是什么也不靠着地聊天，聊对于人世间的感悟与各家的柴米酱醋盐……常常是长安街上棉桃状的路灯亮了，她惦记着年已 80 岁的老母，我要赶回家给孩子做饭，才恋恋不舍地分手。我以前没有系统地读过冯敬兰的散文，印象中写小说是她的长项。现在一读之下，才发觉她像奥运会上长跑的王军霞一般，人们寄厚望于她的一万米，没想到 5000 米旗开得胜。

我看着她的一篇篇文章，时而微笑，时而感动，挥之不去的是一种对生命苍凉的珍惜，掩卷长叹的是字里行间对人世的大怜惜大悲悯。这其中所有文章——都是真性情，真血脉，真的倾心相告，真的忏悔与真的愤怒流淌而成。

这年头，人们已经习惯了对一切问一句：是真的吗？即便得到了肯定的答复，我们马上对这答复也再打一次问号：是真的吗？酒有假的，药有假的，化肥有假的，农药有假的。心有假的，情有假的，诺言有假的，信任有假的……我们不得不仰天长叹，到哪里去寻找真实？

模特是展示服装的人，作家是展示感情的人。如果有一本书的作者对你说，好了，从现在开始，我准备骗你，我以下所说的一切感情都是假的……试问，你还看他的书吗？现代社会的高速运转，使人们越来越珍惜自己的时间。用宝贵的精力上当受骗，没有一个人会干。只可惜所有写字出书的人，都信誓旦旦地说自己的是真的，这就给我们提出了一道几乎永恒的智力测验题：鉴别作者是否不矫情不粉饰，不虚张声势，不伪造历史，不拉大旗作虎皮，不故作深沉朝秦暮楚欺世盗名，值得我们以构成生命的宝贵原料——时间，来阅读他们笔下的文字。

真实的敬兰在散淡悠远的背景下，诚恳地尊严地望着我们。略带寒意的风吹动她的头发，她写了她的家乡、亲人、朋友，她在路上碰到的陌生人，她对于女人犀利独到的见解，她对苍茫世界的阅读与判断……你不一定会赞成她所有的看法，但你一定会被蕴藏在作品中的坦诚所深深打动。

敬兰的文字朴素而准确，读的时候常唤起瓦灰色的鸽群在云间翱翔的联想。它们轻灵敏捷，不炫目不喧嚣，蓝天被它们划出的优美弧线所分割，成为恒远的图案。它们长途跋涉，在风雨中不迷失方向，在阳光下镇定自若。只有充分自信的人，方有这份坚忍稳定的耐性和举重若轻的控制力。

敬兰的这本散文集是蓝天中嘹亮而回音袅袅的第一声鸽哨。

每天都冒一点险

Mei Tian Dou Mao Yi Dian Xian

“衰老很重要的标志，就是求稳怕变。所以，你想保持年轻吗？你希望自己有活力吗？你期待着清晨能在新生活的憧憬中醒来吗？有一个好办法——每天都冒一点险。”

以上这段话，见于一本国外的心理学小册子。像给某种青春大力丸做广告。本待一笑了之，但结尾的那句话吸引了我——每天都冒一点险。

“险”有灾难狠毒之意。如果把它比成一种处境一种状态，你说是现代人碰到它的时候多呢，还是古代甚至原始时代碰到的多呢？粗粗一想，好像是古代多吧。茹毛饮血刀耕火种时，危机四伏。细一想，不一定。那时的险多属自然灾害，虽然凶残，但比较单纯。现代了，天然险这种东西，也跟热带雨林似的，快速稀少，人工险增多，险种也丰富多了。

以前可能被老虎毒蛇害掉，如今是被坠机、车祸、失业、污染所伤。以前是躲避危险，现代人多了越是艰险越向前的嗜好。住在城市里，反倒因为无险可冒而焦虑不安。一些商家，就制出“险”来售卖，明码标价，比如“蹦极”这事，实在挺惊险的，要花不少钱，算高消费了。且不是人人享用得了的，像我等体重超标，一旦那绳索不够结实，就不是冒一点险，而是从此再也用不着冒险了。

穷人的险多呢还是富人的险多？粗一想，肯定是穷人的险多，爬高上梯烟熏火燎的，恶劣的工作多是穷人在操作。但富人钱多了，去买险来冒，比如投资或是赌博，输了跳楼饮弹，也扩大了风险的范畴。就不好说谁的险更多一些了。看来，险可以分大小，却是不宜分穷富的。

险是不是可以分好坏呢？什么是好的冒险呢？带来客观的利益

吗？对人类的发展有潜在的好处吗？坏的冒险又是什么呢？损人利己夺命天涯？嗨！说远了。我等凡人，还是回归到普通的日常小险上来吧。

每天都冒一点险，让人不由自主地兴奋和跃跃欲试，有一种新鲜的挑战性。我给自己立下的冒险范畴是：以前没干过的事，试一试。当然了，以不犯错为前提。以前没吃过的东西尝一尝，条件是不能太贵，且非国家保护动物（有点自作多情。不出大价钱，吃到的定是平常物）。

可惜因眼下在北师大读书，冒险的半径范围较有限。清晨等车时，悲哀地想到，“险”像金戒指，招摇而靡费。比如到西藏，可算是大众认可的冒险之举，走一趟，费用可观。又一想，早年我去那儿，一文没花，还给每月6元的津贴，因是女兵，还外加7角5分钱的卫生费。真是占了大便宜。

车来了。在车门下挤得东倒西歪之时，突然想起另一路公共汽车，也可转乘到校，只是我从来不曾试过这种走法，今天就冒一次险吧。于是扭身退出，放弃这路车，换了一趟新路线。七绕八拐，挤得更甚，费时更多，气喘吁吁地在差一分钟就迟到的当儿，撞进了教室。不悔。改变让我有了口渴般的紧迫感。一路连颠带跑的，心跳增速，碰了人不停地说对不起，嘴巴也多张合了若干次。

今天的冒险任务算是完成了。变换上学的路线，是一种物美价廉的冒险方式，但我决定仅用这一次，原因是无趣。

第二天冒险生涯的尝试是在饭桌上。平常三五同学合伙吃午饭，AA 制，各点一菜，盘子们汇聚一堂，其乐融融。我通常点鱼香肉丝辣子鸡丁类，被同学们讥为“全中国的乡镇干部都是这种吃法”。

这天凭着巧舌如簧的菜单，要了一盘“柳芽迎春”，端上来一看，是柳树叶炒鸡蛋。叶脉宽得如同观音净瓶里洒水的树枝，还叫柳芽，真够谦虚了。好在碟中绿黄杂糅，略带苦气，味道尚好。

第三天的冒险颇费思索。最后决定穿一件宝石蓝色的连衣裙去上课。要说这算什么冒险啊，也不是樱桃红或是帝王黄色，蓝色老少咸宜，有什么穿不出去的？怕的是这连衣裙有一条黑色的领带，好似起锚的水兵。衣服是朋友所送，始终不敢穿的症结正因领带。它是活扣，可以解下。为了实践冒险计划，铆足了勇气，我打着领带去远航。浑身的不自在啊，好像满街筒子的人都在端详议论。仿佛在说：这位大妈是不是有毛病啊，把礼仪小姐的职业装穿出来了？极想躲进路边公厕，一把揪下领带，然后气定神闲地走出来。为了自己的冒险计划，咬着牙坚持了下来，走进教室的时候，同学友好地喝彩，老师说，哦，毕淑敏，这是我自认识你以来，你穿的最美丽的一件衣裳。

三天过后，检点冒险生涯，感觉自己的胆子比以往大了点。有很多的束缚，不在他人手里，而在自己心中。别人看来微不足道的一件事，在本人，也许已构成了茧鞘般的裹胁。突破是一个过程，首先经历心智的拘禁，继之是行动的惶惑，最后是成功的喜悦。

回头是土

Hui Tou Shi Tu

早年读鲁迅关于写作技巧的传授，有一条叫作——一直写下去，不要回头。

那时年轻，很有些不解。为什么不能回头呢？看看自己的脚印，歪斜了就校正，如果笔直，便一直走下去，有什么不好呢？

存疑。很多年。有一天，忽然就懂了。原来，鲁迅在传授和不自信作斗争的经验。面向前方，坚定地走下去，任它成功或是失败，不再计较，只是一味地挺进。

这句话说起来容易，做起来，难。头在你的颈子上，稍有犹疑，椎骨就会螺旋般地转回，眸子就看到了你熟悉的一切。它们拧成一道拽你后退的绳索，牵着你，退缩。

身后，是熟悉的一切，尽管它有令人不悦不满以至腐朽发臭的地方，但我们曾长久地浸泡其中，习惯成自然了。即使是令人痛苦的体验，我们也已经承受并忍耐，熬过了。向前，一切是陌生和昏暗暧昧的，在它若隐若现的浑浊中，藏身着莫名的危险和恐惧。这种未知带来的不安和焦虑，在强度和广度上，甚于我们已然经受的痛楚。于是，回头就不是单纯的一个脖子的动作，而是心灵的扭曲和战栗。

写作也如此。新生的念头是如此脆弱和飘忽，它可以很锐利，但是不沉厚。它可以很空灵，但是不扎实。它可以很幽默，但是不持久。它可以很美妙，但是不坚固……总之，任何一个新生儿有的优点它都具备，但是它也义无反顾地具有一切婴儿所有的弊病。它是朝气蓬勃和易折易断的。否定的锄头，不必太强烈，轻轻一点，都会使它在焦土中窒息。

鲁迅好心肠。我猜他早年也是不断回头的，后来吃了苦头，才有这般肺腑之言。到了晚年，敢回头了。回多少次头，也无法击毁他决战的信念。但他已不屑回头，不回头成了习惯。他的矍铄和坚忍，很多来源于此吧？鲁迅体恤后人，教个诀窍给我们。他不讲这是为什么，只是说，你们若信，就这样做吧。你当真地听了他的话，试上几次，定会体会到奥妙和乐趣。

练练看，不回头。你就发现，行进的速度快了许多，心情好了不少。

回头是土，向前是金。

友情如鞭

You Qing Ru Bian

一次，一个陌生口音的人（我们就称他 D 吧）打电话来，请求我的帮助，很肯定地说我们是朋友，相信我一定会伸出援手。我说我不认识你啊。D 笑笑说，我是 C 的朋友。我不由自主地对着话筒皱了皱眉，又赶紧舒展开眉心。因为这个 C 我也不熟悉，幸好我们的电话还没发展到可视阶段，我的表情传不过去，避免了双方的尴尬。

可能是听出我话语中的生疏，D 提示说，C 是 B 的好朋友啊。

事情现在明晰一些了，这个 B，我是认识的。D 随后又吐出了 A 的姓名，这下我兴奋起来，因为 A 确实是我最要好的朋友之一。D 有事很难办，需用我的信誉为他作保。我不是一个太草率的人，就很留有余地地对他说，这件事让我想一想，等一段时间再答复你。想一想的实质——就是我开始动用自己有限的力量，调查 D 这个人的来历。我给 A 打了电话，她说 B 确实是她的好友，可以信任的。随之 B 又给 C 做了保，说他们的关系非同一般，尽可以放心云云。

然后 C 为 D 投信任票……

总之，我看到了一条有迹可循的友谊链。我由此上溯，亲自调查的结果是，ABCD 每一个环节都是真实可信的。

我父母都是山东人，虽说我从未在那块水土上生活过，但山东人急公好义的血浆，日夜在我的脉管里奔腾。我既然可以常常信任偶尔相识的路人，又有什么理由不相信自己朋友的朋友呢？

依照这个逻辑，我为 D 做了保。

结果却很惨。他辜负了我的信任，是个见利忘义的小人。

愤怒之下，我重新调查了那条友谊链，我想一定是什么地方查得不准，一定是有人存心欺骗了我。我要找出这个罪魁，吸取经验教训。

调查的结果同第一次一模一样，所有的环节都没有差错，大家都是朋友，每一个人都依旧信誓旦旦地为对方作保，但我们最终陷入了一个骗局。

问题出在哪里呢？我久久地沉思。如果我们摔倒了，却不知道是哪一块石头绊倒了我们，这难道不是比摔倒更为懊丧的事情吗？

这世上究竟有多少东西可以毫不走样地一代一代地传递下去呢？嫡亲的骨肉，长相已不完全像他们的父母。孪生的姐妹，品行可以天壤之别。遗传的子孙，血缘能够稀释到 1/6、1/32……同床的伴侣，脑海中缥缈的梦境往往是南辕北辙。高大的乔木可以因了环境的变迁异化为矮小的草丛。树在江南为橘而甜，移至江北变枳而酸。甚至极具杀伤性的放射元素，也有一个不可抗拒的衰变过程，在亿万年的黑暗中，蜕变为无害的石头……

人世间有多少不以人的意志为转移的规律，其中也包括了我们最珍爱的友谊。

友情不是血吸虫病，不能凭借口口相传的钉螺感染他人。兵无常势，水无常形。变是常法，要求友谊在传递的过程中，像复印一般的不走样，原是我们一厢情愿的幼稚。

道理虽是想通了，但情感上总是挽着大而坚硬的疙瘩。我看到友情的传送带，在寒风中变色。信任的含量，第一环是金，第二环是锡，第三环是木头，到了 C 与 D 的第四环，已是蜡做的圈套，在火焰下化做烛泪。

现代人的友谊如链如鞭。它羁绊着我们，抽打着我们。世上处处是朋友，我们一天天在各式各样友情的漩涡中浮沉。几乎每一个现代人，都曾被友谊之链套牢，都曾被友谊这鞭击打出血痕。

于是我常常在白日嘈杂的人群中厌恶友情，羡慕没有友谊只有利益的世界。虽然冷酷，然而简洁。

到了月朗星稀的夜半，当孤寂的灵魂无处安歇时，我又如承露的铜人一般，渴盼着友人自九天之上洒下琼浆。

现代人的友谊，很坚固又很脆弱。它是人间的宝藏，需我们珍爱。

友谊的不可传递性，决定了它是一部孤本的书。我们可以和不同的人有不同的友谊，但我们不会和同一个人有不同的友谊。友谊是一条越掘越深的巷道，没有回头路可以走的。刻骨铭心的友谊也如仇恨一样，没齿不忘。

友谊是一种易变的东西，假如它不是变得更好，就是不可抑制地变坏了，甚至极快地消亡。有时，在很长一段岁月里，友谊似乎是一成不变的，保持很稳定的状态。这是友谊正在承受时间的考验。这个世界日新月异，在什么都是越现代越好的年代里，唯有友谊，人们保持着古老的准则。朋友就像瓷器，越老越珍贵。

友谊是一种生长缓慢的植物，砍伐它只需要一斧一瞬，培育它则需一世一生。仿佛也有像泡桐一样速生的友谊，但它也像泡桐一样，算不得上好的木材。当然，也有在刹那间酿出友谊的醇酒的，但那多需要极严酷的环境，或是泰山压顶，或是血刃封喉，于平常人是不大相干的。

友谊说起来是极宽广极忠厚的襟怀，其实又是很自私的。它的不可转让性就是明证。它只是一个个体对另一个个体单枪独马的承诺，时间地点都有严格可靠的限制，馈赠不得的。在老家是朋友，到了深圳就不一定是朋友。穷的时候是朋友，富了以后很可能就谁也不认识谁了。小的时候是朋友，老的时候或许形同陌路。不信掏出我们每个人的电话簿，你就会发现，前些年经常联系的友人，现在已不知他们飘零何方。有些人已经反目，我们甚至不愿意再看到他们的名字。人为什么要不断地更换电话簿，我以为这是其中一个很重要的原因。

友谊还需滋养。有的人用钱，有的人用汗，还有的人用血。友谊是很贪婪的，绝不会满足于餐风饮露。友谊最简朴同时也是最奢侈的营养，是需要用时间去灌溉。友谊必须诉说，友谊必须倾听。友谊必须交谈的时刻双目凝视，友谊必须倾听的时分全神贯注。友谊有的时候是那样脆弱，一个不经意的言辞，就会使大厦顷刻倒塌。友谊有的时候是那样容易变质，一个未经证实的传言，就会让整盆牛奶变酸。

友谊之链不可继承，不可转让，不可贴上封条保存起来而不腐烂，不可冷冻在冰箱里永远新鲜。

正确地讲，友谊是没有链的，有的只是一个个孤立的小环。它为我们度身而作，就像神话中的水晶鞋，换一只脚套不进去。它是一种纯粹个人栽植的情感树，树上只结一个果子，叫作信任。红苹果只留给灌溉果树的人品尝。

别的人摘下来尝一口，很可能酸倒了牙。

腰线

Yao Xian

早年的卫生间只在壁上刷点白灰，像个从溪流里站起来的裸孩，斜披着毛巾。如今的房子，厨卫是重点，你再不讲究，也要贴上瓷砖才能说得过去。

到建材市场挑选瓷砖，成了装修的必修课。砖铺像丝绸店，满眼花色闪闪烁烁，不知该挑哪一种好。顾图案更要看价钱，很快你就发现，精美瓷砖是没有止境的，但钱包是有大小的。到了最后，演变成先看价钱再定花色，流程进入量体裁衣看米下锅的局面。为了选瓷砖，我和丈夫甚至破了不当着外人争执的约定，不止一次吵得面红耳赤。一旁的店员漠然立着，连点好奇的神色都不屑流露，想来因瓷砖而起的硝烟，她已见怪不怪。

关于购买何种瓷砖，好不容易统一了意见，分歧又再接再厉地出现了。要不要花砖？要不要腰线？

花砖是成套瓷砖的点睛之笔。瓷砖是淡绿调子的，花砖可能就是一丛披头散发的翠竹。瓷砖是棕黄调子的，如果是厨用，花砖上就有深驼色的咖啡杯盏，有袅袅的白气升起。如果是卫浴用，可能绘有几间木屋一丛野花，或许还有蜜蜂……有款砖叫作“海洋之心”，花砖镶着大朵的蔚蓝色椭圆形玻璃，假扮那块长眠在深海之下的无价钻石。

更讲究的花砖像是一部有头有尾的小说呢。一款叫作“爱情鸟”的瓷砖，花砖就有几种格局。一块是两只水鸟相依为命，耳鬓厮磨的。这好理解，新婚燕尔啊。再一块就是三只鸟左顾右盼的。这多出来的鸟，可不是什么非法闯入者，而是大鸟们辛辛苦苦孵出的小鸟。不知这两幅是不是全本，依此推下去，还可演变出多款情节。比如三只鸟展翅飞翔，比如四只鸟组成团队……

花砖之外，还有腰线。腰线并不像它的名字那样谦逊，它不是一条简单的线，而是由很多块精巧的长方形瓷砖连接而成的瓷砖带，缠绕在整壁瓷砖的中段。

腰线是缩小了的花砖，有图案，甚至也有情节。比如上面说到的“爱情鸟”，腰线就是一只小鸟破壳而出，茸茸的羽毛和残缺的蛋壳，把爱情和繁衍拴在了一起。

腰线不便宜。瓷砖和瓷碗该是近邻吧？瓷碗是有曲线的，瓷砖却是完全不曾发育的平板，但一块腰线比一个普通的饭碗要值钱很多。腰线是很团结的，你不可能只贴一块，它们有着一荣皆荣一损俱损的气节。围着墙手拉手形成包围圈，统算下来，会吓得你的钱包一抖。若不镶，就一块都不能上，瓷砖的拼缝才能妥当。饭碗是生活的必需，而腰线则是锦上添花可有可无的，带着些许孤芳自赏的奢侈。

母亲的新房子，割舍了所有的腰线。按说这点钱还是有的，但母亲坚决不肯，说有没有腰线是一样的，不花这个冤枉钱。

然而有没有腰线是不一样的。就像上面说的爱情鸟，省去了雏鸟啄破蛋壳的那一幕，花砖上的两只鸟很突兀地变成了三只鸟，常常叫人疑心那小鸟的来历，甚至误会这是另外的一家人了。“海洋之心”的腰线是一圈蓝白相间的小“钻石”，仿佛一挂悬垂的珠链。取消之后，墙壁上半截的莹白和下半截的蔚蓝，生硬地焊接在一起，丧失了柔和的过渡。孤零零的“巨钻”没来由地在白瓷板中闪烁，像一只莫名其妙的怪眼。

我觉得自己对不起母亲的新居，推而广之也对不起腰线。终于有一天，得了补偿的机会。我路过一家店铺，看到大肆甩卖腰线。腰线的图案是很耀眼的玫瑰花蕾，夹杂着点点的金红，绮丽而烂漫。我不假思索地买了很多腰线，辛辛苦苦地搬回家，才面对一个严峻的问题——这些腰线嵌在哪里？

腰线是美丽的，但许多腰线聚集在一起，除了让人眼花缭乱之外，就是安置它们的焦灼了。如同皮带是用最好的牛皮制造的，但你面对一堆皮带时，既不能把它们缝制成皮氅，也不能敲打成皮鞋。失去了烘托和陪衬的腰线，也散失了精彩和雅致，剩下的是纷乱和拥挤。楼梯下有一间楔形的小房子，别家把它改造成了狗舍，我家堆积着杂物。早先一直是水泥漫地，如今我把腰线密集地砌在那里，闪闪花蕾只好在尘埃之下皱缩。

看到过一条关于人才的定律，说全由极高智商的人组成的团队，那效率和智慧却并非最高，反倒不如人才的阶梯状组合，方能发挥出最好的效力。仿佛腰线，顾名思义，只能是一面素墙美丽的统帅，而不能铺陈得漫山遍野。

午夜的声音

Wu Ye De Sheng Yin

把朋友们的姓名写在一张纸上，呵，好长！细一检点，几乎全是女性。

交女友比交男友随意与安宁。男友跟你谈的多是国家、命运和历史，沉重而悠长。

于是，便累。

还有那条看不见的战线，总在心的角落时松时紧，好像在弹一首暗哑的歌。先是要提醒对方，后是要提醒自己：不要在懵懵懂懂之中误越了界限。总有那种邻近模糊的时刻，于是便要在心中与他挥泪而别。

与女友相处，真是轻松得多，惬意得多。与女友聊天，像是在温暖清澈的水中游了一次泳，清爽润滑，百骸俱松。灵魂仿佛被丝绸擦拭一新，又可以闪闪发光地面对生活了。

可惜世界太大，女友们要聚到一起太不容易。你有空时她没空，她得闲时你无闲。还有先生的事孩子的事，像杂乱的水草缠住脚踝。

大家相逢在一处，像九星连珠似的，时间要算计了又算计。

于是女人们发明了电话聊天。忧郁的时候，寂寞的时候，悲哀的时候，烦躁的时候……电话像七仙女下凡时的难香，点燃起来，七八个数码拨完，女友的声音，就像施了魔法的精灵，飘然来到。一位女友正在离婚，她在电话的那一方向我陈述，好像一只哀伤的蜜蜂。我静静地倾听，犹如一个专心的小学生，虽然时间对我来说极其宝贵，虽然我只听开头就猜出结尾，虽然夜已深沉，虽然心中焦虑，我依旧全神贯注地倾听，在她片刻的停顿时，穿插进亲昵的嗯或呵……我很希望自己能创造出杰出的话语，像神奇的止血粉，撒布在朋友滴血的创口，那伤处便像马缨花的叶子一般静谧闭合……但我知道我不能。

我能送给朋友的就是静静地倾听，所有的语言都苍白无力，沉默本身就是理解和友谊。

有时铃声会在夜半突然响起，潜入我的梦中。夫比我灵醒，总是他先抓起电话，然后对我说，你的那群狐朋狗友又来啦！“你是毕淑敏吗？有件事情我想求你……”声音大得震耳欲聋，使我疑心她就在楼下的公用电话亭。

其实她在城市的另一隅，女大当婚，却至今单身。她总是像潜艇一样突然浮出海面，之后又长时间地不知踪影。然而我知道她在人群中潇洒地活着，当她需要朋友的时候，就会不择时机地叩响我的耳鼓。

有什么事你尽管说……我一边披衣一边用眼光搜索鞋子，好像准备去救火。

别那么紧张。她轻快地笑了，我只是想求你帮我写几个信封……

她说着，详详细细清清晰晰地交代我一个男人的地址和姓名。

因为这样一件事，就值得把我从温暖的被窝里薅出来吗？我睡眼惺忪地问。

这就是我的那个他呀，我每天要给他写一封信，传达室的老头都认识我的字迹啦！我想换种笔体，这样他取信时就不会难为情啦！噢！我的女友！我对着黑漆漆的玻璃窗做了一个鬼脸；为了她的男友，她可不怕叨扰自己的女友！

我也会在某个刹那下意识地抚摸电话键，好像扪及一串润滑的珍珠。你好。我对一位女友说。你好。她说，有什么事吗？她清凌凌地问，一点不惊讶，好像预知我在这个时刻会找她。没什么事，只是，想找人说说话……你们那里下雨了吗？我沉吟着，继续组织着自己语言的阶梯。下了，雨不小也不大。她平静地回答。我很想到雨里去行走，很喜欢在坏天气的时候，到湖里去划船……我突然很急切地对她说，唔，你此时心情不好。她说，我们每个人都有这种时候，忍一忍就会过去。不要紧，做饭去吧，择菜去吧，看一本喜爱的书……要不然就真到风雨中去走走吧，不过，可要穿起风衣，撑起雨伞，最起码也需戴上斗笠……我的心在这柔柔的劝慰之下，终于像黄昏的鸽群，盘旋之后，悄然落下。

每一位女友，都是一帧清丽的画。每一次谈话，都是一盏温馨的茶。我们互相凝眸，我们互相温暖，岁月便在女人们的谈话中慢慢向前推进。

请，

与这世界

温柔相处

nourish

Nourish yourself into a special flower

图书在版编目（CIP）数据

要，一直奔赴在热爱里 / 毕淑敏著. -- 北京：北京联合出版公司，2025. 3. --（把自己养成一朵特别的花）. --ISBN 978-7-5596-8037-2

Ⅰ. I267

中国国家版本馆CIP数据核字第2024S92P43号

要，一直奔赴在热爱里

毕淑敏 著

出 品 人：赵红仕
出版监制：刘 凯
选题策划：晴海国际文化 · 朴写书房
策划编辑：李 莉 暖 晴
责任编辑：翦 鑫
封面设计：创研设
版式设计：邬果丹
内文排版：晴海国际文化

关注联合低音

北京联合出版公司出版
（北京市西城区德外大街83号楼9层 100088）
北京联合天畅文化传播公司发行
北京美图印务有限公司印刷 新华书店经销
字数220千字 880毫米 × 1230毫米 1/32 9印张
2025年3月第1版 2025年3月第1次印刷
ISBN 978-7-5596-8037-2
定价：56.00元